中华

ZHONGHUA HUN

魂

百部爱国故事丛书

矢志革命 百折不回

——近代民主革命家廖仲恺

尚明轩 编著

吉林人民出版社

图书在版编目（CIP）数据

矢志革命　百折不回：近代民主革命家廖仲恺／尚
明轩编著．－－长春：吉林人民出版社，2011.3（2021.8重印）
（中华魂·百部爱国故事丛书）
ISBN 978-7-206-07493-6

Ⅰ．①矢… Ⅱ．①尚… Ⅲ．①故事－中国－当代
Ⅳ．① I247.8

中国版本图书馆 CIP 数据核字 (2011) 第 031960 号

矢志革命　百折不回
——近代民主革命家廖仲恺
SHIZHI GEMING　BAIZHE BUHUI
　　　——JINDAI MINZHU GEMING JIA LIAO ZHONGKAI

编　　著：尚明轩
责任编辑：刘子莹　　　　封面设计：孙浩瀚
制　　作：吉林人民出版社图文设计印务中心
吉林人民出版社出版　发行（长春市人民大街7548号　邮政编码：130022）
印　刷：北京一鑫印务有限责任公司
开　本：787mm×1092mm　　1/16
印　张：8　　　　字　数：64千字
标准书号：ISBN 978-7-206-07493-6
版　次：2011年3月第1版　　印　次：2021年8月第2次印刷
定　价：35.00 元

如发现印装质量问题，影响阅读，请与出版社联系调换。

总　序

　　《中华魂》是一套故事丛书。它汇集了我国自鸦片战争以来一百八十余年间的近百位民族英雄、仁人志士、革命领袖、先进模范人物的生动感人事迹，表现了他们作为中华儿女的伟大的爱国主义精神。

　　爱国主义是人们对于"生于斯、长于斯、衣食于斯"的祖国的一种神圣感情，是人们对于自己民族的一种强烈的责任感和使命感，是感召和激励整个中华民族的一面永不褪色的旗帜。在一百多年的中国近现代史上，爱国主义一直激励着中华儿女为祖国的独立、统一、进步和繁荣而英勇奋斗。从"苟利国家生死以，岂因祸福避趋之"的林则徐，到"我自横刀向天笑，去留肝胆两昆仑"的谭嗣同；从"铁肩担道义，妙手著文章"的李大钊，到"青春换得江山壮，碧血染将天地红"的赵一曼；从"县委书记的好榜样"的焦裕禄，到"问鼎长天，扬我国威"的邓稼先……都表现出了强烈的爱国主义精神。正是由于热爱祖国的人们前仆后继地奋斗，国家和民族才得以生存，才能够在一次次历史危急关头转危为安，走向兴盛和富强，从而屹立于世界民族之林。爱国主义是鼓舞中华儿女历经忧患、跨越沧桑、百折不挠、自强不息的伟大力量，它贯穿于中华民族的整个历史，并有力地凝聚着五洲四海的中国人。

爱国主义是一个历史的范畴，在社会发展的不同阶段、不同时期有不同的具体内容。革命时期，需要我们为祖国的独立自主出生入死；建设时期，需要我们为祖国的繁荣富强增砖添瓦。在全国各族人民团结一心，开启全面建设社会主义现代化国家新征程的今天，我们要争做一名新时期的爱国者。新时期的爱国者要有强烈的民族自尊心、自豪感。民族自尊心、自豪感是任何时期、任何爱国者都必须具备的情感。民族自尊心能增强我们自立向上的恒心，民族自豪感能树立我们建设祖国的信心。要树立"祖国高于一切"的崇高信念，为了祖国和人民的利益不惜抛却个人的利益，甚至不惜牺牲个人的生命。我们要树立终身学习的理念，拓宽自己的知识面，广泛吸收新知识、新技术，完善自身的知识结构，更新学习知识的方法与理念，从思想上、知识上充分武装自己，为祖国的繁荣昌盛贡献力量。

　　爱国主义思想的继承和发扬，是关系到民族盛衰、国家兴亡的根本问题。爱国主义思想情操的形成，需要不断地培养。培养爱国主义精神的一个重要途径是向英雄人物和典范事迹学习和致敬。这套丛书的出版,对于青少年向英雄和先进人物学习,特别是对于在中小学生中进行爱国主义教育是不可多得的生动的教材。祝愿此书出版发行成功,为培养时代新人做出贡献。

胡维革

人生最重是精神，精神日新德日新。

——廖仲恺

目　录

中华**魂**百部爱国故事丛书
ZHONGHUA HUN

立 志 救 国

1877年的4月23日（清光绪三年三月初十），廖仲恺出生在美国加利福尼亚州旧金山（三藩市）一个华侨家庭。1896年就读于香港皇仁书院。次年与何香凝在广州结婚。

1898年，资产阶级改良派为了救亡图存而发动的戊戌变法运动，在顽固派的镇压下迅速失败。1900年，震撼祖国大地的义和团反帝爱国运动，也被帝国主义勾结清朝政府镇压下去。1901年，腐败的清政府与外国侵略者签订了出卖国家大量主权的《辛丑条约》。从此，民族危机日益加深，一批资产阶级和小资产阶级的知识分子，逐步走上了资产阶级

民主革命的道路。许多青年把目光转向西方，到国外去寻求救国救民的真理，出洋留学的风气盛极一时。特别是由于日本人向西方学习颇见成效，所以涌到日本留学的人更多。

时代的启示，潮流的趋向，促使廖仲恺产生了去日本留学的愿望，何香凝毅然把陪嫁的珠玉首饰和家具等卖掉，连同私蓄凑的一千多元，作为廖仲恺出国的旅费和留学费用。

1902年秋季，廖仲恺经香港到达日本东京，进入早稻田大学政治预科学习。两个多月后，何香凝也东渡日本。他们在东京早稻田大学附近租了一间房子。这间房子名曰"觉庐"，建筑颇为精美，有园林之胜。同寓居住的还有留日学生关乾甫、萧友梅等人。何香凝起初进入补习学校学习日语，为考入专门学校做准备，1903年初考进东京目白女子大学，后又转入女子师范学校预科。廖仲恺在早稻田大学政治预科毕业后，考入了中央大学政治经济科，专攻政治经济学。这为他后来对经济问题的研究，以及管理财政经济工作奠定了基础。廖仲恺后来在财经工作上所表现出来的卓越才能，在很大程度上来源于这门学科。

廖仲恺何香凝这对年轻夫妇，在东京相互鼓励，勤奋学习，孜孜不倦地研究学问，并经常议论天下大事和中国的前途，抨击清朝的黑暗统治，探求救国真理。所以，他们的留学生活一开始就过得很有意义。

　　廖仲恺到达日本的前一年，孙中山再度来到日本领导中国革命运动。孙中山经常与留日学生接触，支持他们的爱国和革命活动。1903年的春节，一千多名来自祖国各省的留学生聚集在东京中国留学生会馆，借团拜之机宣传革命。不少青年登上讲台，慷慨陈词，揭露清朝统治的罪恶历史，强调不推翻清朝政府的反动统治，就不能挽救中国的危亡。廖仲恺被留学界热气腾腾的革命气氛所感染，经常偕同何香凝参加中国留学生的一些活动。他先后结识了在东京的革命青年苏曼殊、胡汉民、黎仲实、朱执信等人，经常和他们在一起议论时政，相互激励，从而逐渐萌发了反清革命思想。

　　当时，孙中山领导的资产阶级革命有了很大的发展。1900年兴中会惠州起义失败后，孙中山继续在华侨中进行革命活动。他推翻清朝的宣传，在海外广泛地传播开来。孙中山在国外留学生中有很高的威望，很受崇敬。1903年9月的一个晚上，廖仲恺偕同何香凝到神田神保町中国留学生会馆参加留学生的集会时，在会场上初次看见了刚从越南来到日本的孙中山。孙中山在会上发表演说，指出中国积

弱太甚，应该发
奋图强，彻底革
命。他那令人激
愤的讲演词，深
深打动了革命青
年们的心弦，使
廖仲恺深受感动。
为了多听一些孙
中山的革命道理，
几天以后，廖仲
恺又偕同何香凝
和好友黎仲实专

廖仲恺全家照

程前往孙中山的寓所——小石川的一间"下宿屋"访
问。他们这次会晤的情况，何香凝后来追忆时这样写
道："在一个面积不大、陈设简朴的小房间里，孙先生
亲切地接见了我们。正像一般青年之间的会面一样，
我们没有客套，话题马上从中国政治问题上开始了。
这一次孙先生谈得很多，从鸦片战争谈到太平天国，
谈到戊戌政变，谈到义和团，谈到清政府腐败无能，
所以一定要进行反清革命。"当时，廖仲恺、何香凝等
人对孙中山说的"推翻清廷、建立民国的道理，很是
佩服，十分同情"。

此后，廖仲恺偕同何香凝又几次去拜访孙中山，聆听他谈论革命救国的道理和方法，并共同讨论国家大事。在频繁的接触中，孙中山和蔼可亲的态度，诲人不倦的晤谈，特别是他那精辟的革命言论，给廖仲恺以很深的影响。他在一次和孙中山的交谈中，便明确表示想要参加革命行列，从事革命工作，为挽救祖国的危亡贡献力量。孙中山非常高兴，当即嘱咐他在留学生中广为结友，物色爱国志士，"结为团体，以任国事"。

1903年9月底，孙中山决定离开日本去檀香山领导对改良派的论战。行前，孙中山交给廖仲恺一项任务：在留学生中组织学习手枪、步枪射击等初步的军事技能，为将来发动武装斗争做准备。当时，廖仲恺夫妇租赁的住所在东京牛达区，他便在这里成立了义勇队，秘密进行军事训练。为避人耳目，义勇队员每天凌晨秘密聚集到大森操场，由懂得军事知识的人教授枪法，练习射击。何香凝则负责烧水煮饭、管理家务。其时清政府驻日公使馆非常注意留日学生的活动，公使汪大燮经常勾结日本警察侦查他们的行踪。

廖仲恺组织的军事训练活动，不久被日本警察所侦知。日本警察利用一个义勇队员和日本"女中"（即女服务员）谈恋爱，唆使那个日本"女中"伪装怀孕，到廖仲恺的住所大吵大闹，对义勇队的军事训练进行破坏。最后，廖仲恺等人被迫变卖家具，筹款赔给那个日本"女中"，并且迁居小石川。这样，义勇队练习射击的军事活动就中断了。

1904年，孙中山为了扩展革命势力，派遣一些同志秘密回国进行活动。廖仲恺被派往天津。他在天津多方联络革命志士，宣传革命道理，筹设革命机关。不久，他的活动被清政府侦知，无法在天津立足，返回东京，继续在中央大学就读。

同年春季，何香凝离开东京，回到香港分娩，于2月4日生下女儿梦醒。之后，她为了避免影响学习和革命工作，便把女儿留在娘家托人抚养，只身返回日本，和廖仲恺一起生活，继续到女子师范学校预科读书。

也就在同年及其前后的3年间，资产阶级革命派的知识分子在日本和国内，一方面出版了大批书报杂志，如邹容的《革命军》、陈天华的《警世钟》和《猛回头》、章炳麟的《驳康有为论革命书》和湖南、湖北、浙江、江苏各省留日学生创办的《游学译编》、《湖北学生界》（后改名《汉声》）、《浙江潮》、《江苏》等，宣传反清革命和民主思想，唤醒人们投身革命；另一方面开展了建立革命组织的活动，继1894年成立兴中会之后，陆续涌现出如归国的留日学生在长沙成立的华兴会、归国的留日学生在上海与文化教育界爱国人士蔡元培等组织的光复会、湖北新军中革命青年与武汉一些学生组织的科学补习所和日知会等革命团体。它们的目标都是用革命手段推翻清朝政府。随着革命形势的日益发展，各地革命团体的不断出现，迫切需要建立一个统一的政党，以便更好地领导全国规模的资产阶级民主革命。

为了适应革命形势的需要，孙中山于1905年7月从欧洲再次来到日本，准备"召集同志，合成大团"，组成统一的政党。这时，孙中山的活动范围比过去更加广泛，方式也更加多样。为了避开日本警察的干涉，他必须找一个可靠的活动场所和联络地点，才能顺利地进行工作。廖仲恺夫妇在东京的寓所是自己租赁的房子，很适合这一要求，因此便成了孙中山经常和革命党人集会和部署革命工作的场所和通信联络

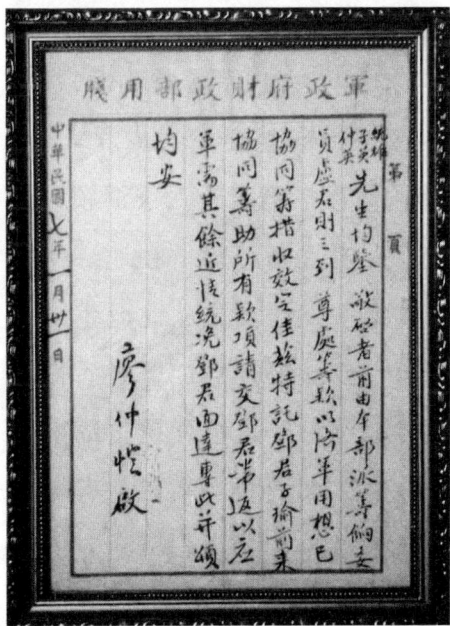

廖仲恺信笺

站。当时常到他们寓所参加集会的，有朱执信、胡汉民、章炳麟、刘成禺、汪精卫、黎仲实、马君武、冯自由、苏曼殊等人。廖仲恺夫妇为了安全，由本乡区搬到神田区居住。为了保守秘密，不再雇用日本"女中"，由何香凝亲自担任联络和勤务工作，从收转信件、看守门户、照料茶饭到掩护同志等等。

随后，孙中山经过和黄兴、宋教仁、陈天华等人反复磋商，决定把兴中会、华兴会、光复会、科学补习所等反清革命团体联合起来，建立统一的政党。在同年7月30日召开的筹备会议上，确定这个革命政党的名称为"中国同盟会"（简称"同盟会"）。会议通过了孙中山提出的"驱除鞑虏，恢复中华，创立民国，平均地权"十六字的政治纲领。8月20日，在东京赤坂区举行同盟会正式成立大会，通过了同盟会《章程》，章程中确定十六字纲领为同盟会宗旨，规定以东京为同盟会总部所在地。中国第一个资产阶级革命政党——同盟会从此诞生，廖仲恺夫妇宣誓参加了同盟会。廖仲恺加盟之后，参加了中国同盟会总部的领导工作，担任执行部中的外务部干事。因为他的英文水平相当高，凡有关和西方革命志士联系的事宜，孙中山不亲自出面时，多派他前去接洽、办理。

投身于民主革命运动

廖仲恺是同盟会土地纲领的积极宣传者。为了配合宣传孙中山以平均地权实现社会革命的学说，他着手翻译亨利·乔治所著的《进步与贫困》一书，并在1905年11月出版的同盟会机关刊物《民报》第一号上，以"屠富"的笔名，发表了该书的序和两节译文。所谓"屠富"者，即是打倒"豪富"之意，表示对贫富不均现状的抗议。1907年，廖仲恺便以"渊实"为笔名，先后翻译了《社会主义史大纲》、《无政府主义之二派》、《无政府主义与社会主义》和《虚无党小史》等多篇介绍社会主义的文章，参与了20世纪初期中国人第一次对社会主义的探索。尽管廖仲恺对于社会主义的初步介绍和探索（通过翻译外国的著述），和当时其他人如朱执信等的文章一样，有很大的局限性，并对科学社会主义有很多误解以至曲解之处；但是，他满怀热忱参与的中国历史上第一次对社会主义的探索，毕竟首先给长期闭关自守的中国打开了一扇窗户，引进了第一道社会主义的曙光。

廖仲恺办事一贯认真负责，积极热情，所以他受到了留日学生们的拥护和信赖，1905年被推选为中国留日学生会会长。此后，他经常联合革命同志，以饱满的战斗激情，和留学生中的保皇分子进行斗争。当时以康有为、梁启超为代表的保皇党非常害怕革命，抵制民主革命思想的传播。廖仲恺和朱执信、何香凝等在孙中山的领导下，写文章，作讲演，口诛笔伐，给保皇党以有力回击。他们还奉孙中山之命，联名给美洲等地华侨写信，宣传用革命的

廖仲恺铜像

手段推翻清朝帝制的必要，深得海外华侨的同情。

1906年秋，何香凝结束了东京女子师范学校预科的学习，再次考入目白女子大学博物科。半年之后，因患胃病停学在家休养。1908年9月23日，在东京生下第二个孩子承志。

廖仲恺与何香凝留学日本期间，互助互勉，全心全意投身于民主革命运动。廖仲恺从1908至1909年初，受孙中山指派，曾先后潜回天津和吉林，与法国社会党人联系和从事发展革命势力的活动。他受命回国之时，正值清王朝临近覆灭的前夕，局势十分紧张。当时孙中山领导的民主革命斗争，汹涌澎湃，迅猛发展，冲击着清政府的反动统治。清政府面对日益高涨的民主革命形势，也使出了垂死挣扎的手段，一方面宣布"预备立宪"，进行政治欺骗；另一方面调兵遣将，更加残暴地镇压人民，围剿革命。在这种斗争非常尖锐的时刻，廖仲恺只身潜回国内进行革命工作是相当危险的。但他献身革命，心坚如铁，早把生死置之度外。所以，每次他都是欣然受命，立即启程，无所畏惧地深入敌穴进行工作。1909年初临行时，何香凝题诗相送，勉励他努力报国，诗曰："国仇未复心难死，忍作寻常泣别声。劝君莫惜头颅贵，留取中华史上名。"

1909年夏，廖仲恺在日本中央大学政治经济科毕业，返回祖国，到达香港。他想借取得清政府"功名"，以便"入清廷握其政权以成革命之工作"，便于同年偕同友人赴北京参加留学生科举考试，考中了法政科举人。之后，他被清政府派赴东北，后来与受孙中山指派在东北从事革命工作的林祖涵（伯渠）结识，林当时在吉林省以劝学总所所长、主持师范传习所及四关小学的身份作掩护，暗中从事结交下层人士和绿林豪杰的联络工作。他们二人时常往来，开始成为朋友。后来，在国民党改组时期，林祖涵成为廖仲恺最亲近的友人之一。

负重任解救危难

1911年10月10日武昌起义，爆发了著名的辛亥革命。清朝政府的反动统治，陷入土崩瓦解的局面。

广东省于11月9日宣布脱离清朝政府而独立，成立了军政府。胡汉民从香港赶回广州担任都督，陈炯明为副都督，朱执信为总参议。这时，廖仲恺应胡汉民所邀，从吉林返回广州，担任军政府财政部副部长。12月间，他被南方革命政府派为南北议和会议代表团的工作人员，去上海参与南方以伍廷芳为首席代表、北方以唐绍仪为首席代表的南北议和。世上多巧事，他的哥哥廖恩焘也参加了这次和谈工作。兄弟二人，一个是革命派，一个是袁世凯派，双方对峙，谈判中形成了鲜明的对照，一时传为新闻。

1912年元旦，孙中山在南京就任临时大总统，宣布中华民国成立，组成了民国临时政府和临时参议院。2月12日，清朝皇帝被迫宣布退位。至此，统治中国268年的清朝政府被推翻，两千多年来的君主专制制度宣布结束。但是，民国临时政府从一开始就处于极不稳定的地位，革命的果实很快被大地主、大买办阶级的代表袁世凯所窃据。

1912年4月1日，孙中山正式辞去临时大总统的职务，准备以在野的身份从事社会实业活动。廖仲恺奉陈炯明命到达南京，请求孙中山南下帮助领导广东工作。孙中山遂偕同廖仲恺、胡汉民、汪精卫等二十余人，于4月3日从南京出发，赴武汉后经上海、福建，25日回到了广州。27日，胡

孙中山像

汉民复任广东省军政府都督，廖仲恺则担任了军政府财政司司长，接替李煜堂，专门主管财政。廖仲恺以全副精力投身到整顿财政的工作中去。

当时广东的财政非常困难和紊乱，广州市以外的税收多为驻当地的民军截留，市内的房捐、警卫费等已奉军政府命令一律豁免，又没有清代的部库拨款和各省协饷接济，库空如洗。而刚光复不久的广州，又有驻军十万，日费甚多。为了应付局面，陈炯明竟滥发纸币达数千万元之多，使币值贬落，形势极难收拾。面对这一困境，廖仲恺千方百计加以整顿。他召集广州各行业商会负责人商议，力促工商界恢复经营，同时确定货币流通办法，清理各类捐、税；为了弥补亏欠，应付需用，还发行了一千万元的有奖公债，并进行广泛宣传，号召各界爱国者及归国华侨踊跃认购，促使公债很快发售完毕；又用现金购买生银，交给造币厂铸造硬币，补充国库；同时推行更换土地契约的法案，就地筹款，用换契的收入来缓和当时的经济困难。到11月后，廖仲恺为解决财经困难，还常常不辞辛劳地奔跑于广州和北京之间，同北京政府商讨解救广东省财政困苦的办法，寻求财经状况好转的途径。此外，他自己生活简朴，带头节省开支。财政上量入为出，清理积弊。在用人、理财各方面大公无私，不滥用人，不收任何形式的贿赂，使"署中无一私人，取受无一私财"。在廖仲恺的努力整顿下，广东财政工作不久便井井有条，收支不仅基本平衡，还库储有余。

廖仲恺在中华民国初年，以极高的工作热情，廉洁自律的优良品德，凭借所学，管理财政，崭露头角，成绩卓著。因此，博得了人们的普遍赞扬。

孙中山这个时期的民生主义，基本上就是平均地权。廖仲恺说："民生主义这四个字，我们是有个具体内容给它的，这就是我们'平均地权'一个目的，就是我们要拿土地政策来做解决社会经济问题的手段。"平均地权是中国资产阶级领导革命的一个主要口号。当时中国土地问题十分突出，少数人占有大部分土地，

很多农民失掉土地变为佃农。广大农民迫切要求土地，解除苛重的租税。资产阶级看出解决土地问题是发展资本主义的前提，也是吸引农民参加革命的关键，但是却

廖仲恺（右）始终是孙中山的亲密战友

矢志革命　百折不回
——近代民主革命家廖仲恺

没有自己的办法，而西方流行有年的"土地国有"办法既可以发展生产，又能免除资本主义贫富悬殊的弊端，于是便把这个口号写上了自己的旗帜。廖仲恺是一直忠于孙中山、坚持"平均地权"这面旗帜的。这和大多数同盟会员及后来国民党人在辛亥革命后实际上丢弃了这面旗帜的情况相对照，廖仲恺的这种精神确实是十分难能可贵的。

奉孙中山之命讨伐袁世凯

孙中山辞去临时大总统后，对袁世凯还抱有幻想。他表示不过问政治，以在野的身份专门从事社会实业活动，希望通过实业的振兴使中国富强起来，赶上和超过欧美国家。廖仲恺和中国的其他资产阶级民主主义者一样，也认为政治革命已经取得成功，当前的主要任务是建设国家。所以，他将主要精力转移到建设方面，集中力量整顿广东的财政。

袁世凯做了临时大总统后，进一步投靠帝国主义，实行个人独裁，打击革命力量，加强其统治机构，制定反动法令，把革命党人从政府里排挤掉。

1913年3月12日，廖仲恺离开广州前往上海。20日夜，当他同黄兴、于右任等，在上海沪宁铁路车站与宋教仁并肩同行时，袁指使暴徒杀害了宋教仁，廖仲恺等幸免。上海车站刺杀宋教仁的枪声，使革命党人从幻想的迷梦中惊醒过来。于是，以"宋案"为导火线，爆发了由孙中山领导的讨伐袁世凯的"二次革命"。

1913年7月，江西、安徽、广东等省起兵讨袁，以保卫民主权利。上海、福建、湖南、四川等省市也先后宣布独立。但是，这时的国民党已经不同于领导反清斗争的同盟会了，它比同盟会更庞杂不纯，充满了投机分子和封建官僚、政客——其中一部分人原是革命者，但在辛亥后把革过命当作资本，争着当官夺权，一步步变成了军阀、官僚、政客。自1912年8月同盟会改组为国民党后，一直采取无原则妥协的政策，使自身涣散无力，脱离了人民，失去了广大人民的拥护。国民党在军力对比和军事形势上也都处于不利地位，袁世凯在帝国主义的支持下，军事实力大大超过了国民党，而起兵讨袁的各省之间又缺乏统一指挥。所以，"二次革命"不到两个月就宣告失败了。

此后，国民党人急剧分化，有相当一部分人开始动摇，甚至有些人公开离开了革命队伍。但廖仲恺不仅没有倒退，而且也没有因为失败影响斗志，仍积极地继续进行革命斗争。

7月间"二次革命"爆发前，为了争取当时的国会议员反对袁世凯，廖仲恺奉孙中山之命，潜赴北京策动议员反袁。他在北京秘密活动，在议会中尽力争取一些议员站到反对袁世凯一边来，设法控制袁世凯的权力，取得了一些成果。后来，廖仲恺的秘密活动为袁世凯的密探侦知，被列入捕杀的名单。就在袁世凯发动对革命党人大搜捕的前夜，廖仲恺得到友人密告消息，星夜只身离开北京，经天津返回广州。而当时与廖仲恺过从甚密的议员伍汉持，则于8月1日被捕，旋即惨遭杀害。

同年8月初，由于广西军阀龙济光与驻粤将领合谋依附袁世凯，反戈进攻广东军政府，使局势逆转，广州讨袁军于11日被打垮，广东军政府也随之瓦解。广东革命政权瓦解之后，廖仲恺与何香凝携子女梦醒、承志仓促离开广州，分路避赴香港。当时，龙济光发出了通缉令，在广东各地遍贴缉拿革命党人的告示，并悬赏银1万元捉拿廖仲恺。所以，香港英国殖民政府视廖仲恺为政治犯，不许逗留，限48小时内离境。他们被迫改道前往东京，再度亡命日本。9月间，讨伐袁世凯的"二次革命"失败，袁世凯下令通缉孙中山、黄兴、廖仲恺和朱执信等革命党人。孙中山也被迫流亡日本。廖仲恺在孙中山的直接领导下，重举革命旗帜，组织中华革命党，继续进行斗争。当7月8日中华革命党在东京驻地精养轩宣布成立时，他被选任党的财政部副部长。由于财政部长张人杰体弱多病，实际上财政工作的重担完全落到廖仲恺肩上。

《中华革命党总章》规定，党的宗旨为"实行民权、民生两主义"，以"扫除专制政治，建设完全民国为目的"，坚决反袁，重建民国。同年9月中旬至12月中旬，孙中山在东京赤坂区灵甫坂主持召开关于制订中华革命党《革命方略》的讨论会17次。与会者有胡汉民、田桐、谢持、许崇智、居正、杨庶堪、戴季陶、陈其美等。廖仲恺在会上积极发表意见，认真地进行了讨论。会上揭露了袁世凯妄图称帝复辟的野心，明确地把军事起义定为《革命方略》的主题，将武装倒袁放在第一位。会议确定中华革命军的纲领为："一、推翻专制政府；二、建设完全民国；三、启发人民生业；四、巩固国家主权。"翌年夏末，廖仲恺又参加了孙中山召集的中华革命党部长会议，决定成立中华革命军东南军、东北军、西北军、西南军四个总司令部，组织军队讨伐袁世凯。

袁世凯靠耍弄阴谋权术窃取了辛亥革命的胜利果实，又靠镇压革命当上了正式大总统。之后，他强令解散国会，宣布废弃《临时约法》，一心想当皇帝，梦想恢复封建专制统治。他先后和俄、美、日、英等帝国主义国家签订过一百多个不平等的合同、协定和条约，大借外债，拍卖税收、铁路、矿山和领土等主权。袁世凯的倒行逆施，遭到全国人民的强烈反对。孙中山先后发表了《讨袁宣言》和《第二次讨袁宣言》等，揭露袁世凯的"暴行帝制"罪行，他领导中华革命党在各地组织暴动，部署起义，讨伐袁世凯。1915年12月间，云南宣布独立，爆发了护国战争。全国军民群起反对的浪潮，把袁世凯连同他的皇帝梦一举扫进了历史的垃圾堆。

袁世凯被迫宣布取消帝制后，1916年4月27日，廖仲恺随同孙中山回国，5月初到达上海。当时，孙中山进一步明确提出：斗争"不徒以去袁为毕事"；"袁氏破坏民国，自破坏约法始，义军维持民国，固当自维持约法始"。他表示："袁氏未去，当与国民共任讨贼之责；袁氏既

何香凝与孙中山及朋友

去，当与国民共荷监督之责，决不肯使谋危民国者复生于国内。"廖仲恺完全赞同孙中山的这些主张，并积极参加孙中山为维护民国而进行的斗争。5月25日，他被孙中山派往山东青岛，慰问中华革命军东北军。他先后到山东潍县、即墨、寿光、高密及诸城等县，连续十多天深入部队和地方的基层进行慰问和视察，对做出特殊成绩的东北军第二师及高密县的民政部门给予鼓励和表扬，并奖授了孙中山手书的匾额。当袁世凯6月6日死于"新华宫"、黎元洪继任大总统后，廖仲恺对中华革命军东北军的领导人居正、许崇智说："目下袁世凯死了，黎元洪是看印总统，大权都在老段（即段祺瑞）的掌握之中。段是日本的忠实奴才，未来的种种变化，谁也不能逆料，我们必须时时刻刻提高警惕"，要他们密切注视局势的动向，切戒麻痹大意。

1916年9月8日，为贯彻孙中山的恢复约法与国会的主张，廖仲恺又奉孙中山之命，同胡汉民一起离开上海北上，代表孙中山到北京和黎元洪、段祺瑞商讨国事，并从事扩展中华革命党党务的工作。他在北京，圆满完成了所担负的使命，还观察了北京的政治局势和办理了偿还华侨革命债务，而后返回上海。

当山东讨袁军结束活动时，驻扎在潍县的华侨讨袁

何香凝

敢死队数百人，于1916年9月底奉命集中上海，暂驻于徐园。廖仲恺奉孙中山之命，到徐园慰问各个队员。当时队员需用较多的膳食及遣散费，而中华革命党的财政支绌，廖仲恺奉命把华侨赠给孙中山代步的汽车变卖后仍不足用。他为此四处奔走，向各方筹措，得到南洋烟草公司经理简照南捐助3万元，才解决了问题。

宣传孙中山的革命学说

袁世凯的死及其帝制的失败，其结局并没有使人民获得胜利。各派军阀割据称霸，纷争混战，祸国殃民。继任总统的黎元洪确实是一个徒有其名的"看印总统"，掌握北京政府实权的是国务总理段祺瑞。段祺瑞是皖系军阀的头子、日本帝国主义的走狗，他承袭了袁世凯的反动衣钵，对外肆无忌惮地拍卖国家主权，以换取帝国主义的支持；对内毁弃《临时约法》，拒绝召开国会，妄图消灭以孙中山为首的民主革命势力，实现"武力统一"，建立独裁统治。

孙中山对于段祺瑞的独裁统治，采取坚决斗争的态度。他痛斥段祺瑞不过是一个"以假共和之面孔，行真专制之手段"的造乱之徒，不推翻其统治，真共和就无法实现。

1917年7月，廖仲恺和朱执信、何香凝、章炳麟等人及部分国会议员，随同孙中山从上海到广州，准备以广东作为革命斗争的基地。孙中山联合了"暂行自主"的西南桂（广西）、滇（云南）系军阀，于8月召开国会非常会议，建立了中华民国军政府，揭起"护法"的旗号，以维护民国元年颁发的《临时约法》

和恢复国会为号召，来反对段祺瑞的卖国反动政权，以"树立真正之共和"。

在护法运动中，廖仲恺始终同孙中山在一起，坚持斗争。他奔走于上海、广东之间，积极协助孙中山开展组织革命力量的活动，并亲自深入海军舰队运动北洋海军彭东原部南下参加护法运动。何香凝也积极做北洋海军的家属工作，配合促进护法运动的发展。护法军政府成立之后，廖仲恺于9月24日被任命为财政次长，旋又特任为署理财政总长，专职管理财政，再一次担负筹措革命经费的重任。为促使护法斗争的发展和加速筹款工作，他向海外侨胞广泛宣传了护法的意义和目的，指出：孙中山"整军经武，以靖国难。吾党目的不仅反对复辟，且图建设真正之共和国家。""今共和国家已被奸人推倒，应共任维持之责"，号召华侨在海外竭力鼓吹筹款，以济军用。

然而，广东护法军政府的成立，并不能使孙中山的护法主张真正贯彻实行。孙中山领导的护法运动，尽管有它的时代进步性，但是并没有坚实的群众基础。它既缺乏人民群众的支持，本身又没有坚强的军事实力，所有军政府的军事实权都落在西南军阀的手里。廖仲恺尽管千方百计地筹措到不少经费，全力支持护法运动，也不能挽回失败的命运。5月21日，廖仲恺跟随被迫辞去大元帅职务深感陷入绝境的孙中山离开了广州，再次到上海。

到上海后，廖仲恺便以极大努力辅佐孙中山创办报刊，加强理论宣传，从事理论建设，用极大的精力投身于理论上的探索和宣传。这期间他发表了很多著述，阐发孙中山的革命主义及其最新著作《孙文学说》，反对封建军阀的罪恶统治，号召人民起来和封建势力斗争，探索拯救中国的途径。

被赞喻为孙中山的"钱荷包"

廖仲恺在上海努力从事理论建设和宣传孙中山学说的同时，还积极协助孙中山策划打倒南方桂系军阀，

何香凝与宋庆龄

——近代民主革命家廖仲恺

矢志革命　百折不回

夺回广东这块民主革命根据地的斗争。

当时，孙中山在上海改组中华革命党为中国国民党，提出了"改造中国之第一步只有革命"的正确方针，号召全国人民早下决心，"重新开始革命事业"。他一方面，大力培植以护法援闽名义驻扎在福建漳州一带的粤军（这支部队是孙中山在1917年末，以极大的努力从粤督陈炳焜等手中争到省长公署的二十营警卫军，约八千人，交给陈炯明统率而建立起来的），倚之为革命的武装力量；另一方面，则积极联合护法各省，要求他们共同行动，声讨"假护法之名，行害民之实"的桂系军阀。

廖仲恺在1919年5月下旬，曾准备代表孙中山赴四川会晤川军将领但懋辛、熊克武等人，以谋共同坚持护法的办法。孙中山在介绍廖仲恺的专函中，勉励但懋辛等要努力"提倡实业"、"协力谋国"。10月，中华革命党改组为中国国民党时，廖仲恺被任为财政部长。翌年6、7月间，廖仲恺和朱执信奉孙中山命，又先后两次去福建漳州，敦促陈炯明率粤军回师讨伐盘踞广东的桂系军阀。他到漳州之后，反复对陈炯明进行动员，并对陈的部下熊略、钟秀南等人晓以大义，进行说服工作；同时，还替陈炯明部队筹募军饷，帮助他们克服财政上的困难。孙中山在上海的住宅就因此由廖仲恺经手作过两次抵押，一次得款 2 万元，一次得款 2500 元，由廖仲恺带往漳州，交给了驻闽粤军，以充军饷。

1920 午 8 月，陈炯明在廖仲恺、朱执信的催促下，在漳州誓师，回粤讨伐桂系军阀，10 月驱逐了岑春煊、陆荣廷等桂系势力。11 月，孙中山再返广州重组军政府。1921 年 4 月，召开了国会非常会议，决定建立中华民国正式政府。孙中山被选为非常大总统，于 5 月 5 日宣誓就职，再次举起了"护法"的旗帜，随后便统一了两广，在桂林组织大本营，准备由桂入湘，进行北伐，"以成戡乱之功，完护法之愿"。

1921 年 5 月，广东革命政府正式成立，设总统府于观音山南麓，并组成了政府各部，廖仲恺被任命为财政部次长（代理部长），随后，又兼任广东省财政厅长。他努力协助孙中山，力图在广东开拓一个新的革命局面。7 月 20 日，廖仲恺与何香凝受孙中山委派，前赴广西梧州慰劳讨伐陆荣廷的部队，鼓舞士气，勉励将士完成消灭桂系军阀的使命。廖仲恺事毕返回广州后，投身于整理财务，筹措军费，支持孙中山出师北伐。当时，筹集经费绝非轻而易举的事。财政来源都控制在陈炯明和其他军阀手中。这些人并不同意孙中山的北伐主张，处处刁难。廖仲恺四出奔走，全力筹款接济，才使部队经费勉强维持。在北伐军因防范陈炯明的破坏而被迫改道出发韶关时，需款孔亟，他想方设法，在几天之内便筹集现款3万元，从而保证了北伐计划的进行。因此，廖仲恺当时被人们赞喻为孙中山的"钱荷包"。

遭囚禁　视死如归

孙中山在积极进行北伐之时，虽有廖仲恺、宋庆龄、何香凝等的大力支持，但并未免去后顾之忧，后方的政权是极不稳定的。

陈炯明在英帝国主义及直系军阀的支持下，野心勃勃，急于要消灭革命势力，独霸南方，于是加紧了破坏北伐和反对孙中山的叛逆活动。他于3月21日，命令部属用卑鄙手段在广九车站暗杀了坚决拥护孙中山的粤军第一师师长邓铿，并调兵布防，在军事上做好叛变的准备；随后，又对坚决支持孙

何香凝作品

中山革命事业的廖仲恺下了毒手。6月14日，陈炯明以"领款"和"有要事相商"为名，电邀廖仲恺去惠州。廖仲恺接到电报后，虽觉察到陈炯明居心叵测，但拟再次做陈炯明的工作，争取他悬崖勒马，于是冒着危险前往惠州，刚到东莞县石龙就被陈炯明扣留，后被押送到广州西郊石井兵工厂监禁。当时，陈炯明从廖仲恺的皮包内搜得孙中山有关联俄、联德的密函三封，即交给香港的英帝国主义报纸公布，以此攻击孙中山接近共产主义，是"过激党"。陈炯明又从廖仲恺的财政部保险箱里取走了有关孙中山和列宁所派"亲信"在桂林会谈革命问题的材料。这些材料，原是孙中山"派人送交廖仲恺先生，嘱他看后即烧掉。但廖先生看后放在他财政部保险箱内"的。陈炯明竟命令把它刊登在各个报纸上，作为孙中山出卖国家的证据。

陈炯明暗杀了邓铿、囚禁了廖仲恺之后，认为既除掉了一个拥护孙中山的军事将领，又"把'孙大炮'的荷包锁住了"，先后拔去了孙中山留在后方的两根"眼中钉"，消除了后顾之忧。于是，他认为时机已到，便于1922年6月16日，趁孙中山从北伐前线韶关回到广州之机，发动了反革命武装叛乱，以四千余人的兵力袭击总统府，炮轰观音山，妄图谋害孙中山，推翻广东革命政府。孙中山在深夜冒着枪林弹雨冲出叛军的包围，转移到永丰兵舰上。

陈炯明囚禁廖仲恺于石井兵工厂后，用三道铁链把他锁在一张铁床上，戒备森严，准备再过几天即进行杀害。当时情况十分危险，廖仲恺自忖必死。但他在死亡威胁面前，视死如归，作了七言诗《留诀内子》与夫人何香凝诀别：

（一）

后事凭君独任劳，莫教辜负女中豪；

我身虽去灵明在，胜似屠门握杀刀。

（二）

生无足羡死奚悲，宇宙循环活杀机，

四十五年尘劫苦，好从解脱悟前非。

030

还有一首古诗《诀醒女、承儿》是给他的孩子们，教育他们勤奋学习和注重品德修养的：

女勿悲，儿勿啼，阿爹去矣不言归。

欲要阿爹喜，阿女阿儿惜身体。

欲要阿爹乐，阿女阿儿勤苦学。

阿爹苦乐与前同，只欠从前一躯壳。

躯壳本是臭皮囊，百岁会当委沟壑。

人生最重是精神，精神日新德日新。

尚有一言须记取：留汝哀思事母亲。

廖仲恺的《留诀内子》和《诀醒女、承儿》，显示了他以身殉国、视死如归的大无畏革命精神，表现了坚贞不屈的革命意志。

廖仲恺遭囚禁几天之后，听到陈炯明公开发动武装叛变、炮轰观音山总统府的消息，极为愤慨，写了《壬戌六月禁锢中闻变有感》诗四首：

(一)

珠江日夕起风雷，已倒狂澜孰挽回？

何香凝与朋友们

徵羽不调弦亦怨，死生能一我何哀！

鼠肝虫臂唯天命，马勃牛溲称异才；

物论未应衡大小，栋梁终为蠹蟊摧！

（二）

妖雾弥漫涸太清，将军一去树飘零。

隐忧已肇初开府，内热如焚夕饮冰。

犀首从仇师不武，要离埋骨草空青。

老成凋谢余灰烬，愁说天南有殒星。

（三）

咏到潜龙字字凄，那堪重赋井中泥；

当年祈福将刍狗，今日伤心树蒹葭。

空有楚囚尊上座，更无清梦度深闺；

华庭鹤唳成追忆，隔岸云山望欲迷。

（四）

朝朝面壁学维摩，参倒禅机返泰初；

腐臭神奇随幻觉，是非恩怨逐情多。

心尘已净何须塵，世鉴无明枉世磨！

莫向空中觅常相，浮云苍狗一时过。

　　这几首诗，表现了廖仲恺坚持革命斗争、无所畏惧的气概和对封建军阀的蔑视。第二首是痛骂陈炯明和悼念几个老战友的。诗中的"将军"，指在广州被陈炯明所暗杀的邓铿；诗中的"要离"，指因调停虎门驻军与东莞民军的冲突，在虎门遇难牺牲的朱执信；"老成凋谢余灰烬"，指在陈炯明炮轰总统府事变中病死而火葬的广东省长伍廷芳。

廖仲恺囚禁中题在一张广州五层楼风景片上的《一剪梅》，充分表现了他对"昼静潜踪，夜静穿牗"的反革命"跳梁小鼠"陈炯明的愤恨。这首词云：

> 叠阁层栏倚晚风，山上烟笼，江山霞红。
> 兴亡阅遍古今同，文只雕虫，技只屠龙！
> 莫问当年旧主公，昔日名隆，今日楼空。
> 跳梁小鼠穴其中，昼静潜踪，夜静穿牗。

他还在明末清初八大山人的一幅松壑图上题《金缕曲》云：

> 未合丹青老，剧怜他，铜驼饮泣，画才徒抱。丘壑移来抒胸臆，错节盘根写照。想握笔，愁肠萦绕。国破家亡余墨泪，洒淋漓，欲夺天公巧。缣尺幅，碧纱罩。
>
> 繁华歇尽何须吊！且由他，嫣红姹紫，一春收了。地老天荒浑不管，空谷苍松独啸，经

几度，风狂霜峭。如此江山归寂寞，漫题名，似哭还同笑。诗四句，古今悼。

这首词表达了"地老天荒浑不管，空谷苍松独啸"的革命意志，所说的"风啸霜峭"，"苍松独啸"，正是廖仲恺对自己的写照。

何香凝得知廖仲恺遭到囚禁的消息后，便四出奔走，设法营救。据何香凝忆述：当时情况非常紧张，以致她不得不把她的子女送到香港，以免遭到陈炯明的伤害。在这期间，何香凝因痢疾住进医院，但得知廖仲恺将遭杀害时，便立即跑出医院去营救。她8月18日冒着大雨爬上了广州北部的白云山，亲历险境，到粤军总司令部同陈炯明进行面对面的斗争。在何香凝的凛然正气面前，陈炯明理屈词穷，却又玩弄阴谋诡计，一面佯说囚禁廖仲恺是部下背着他干的，一面又要把廖仲恺转移到白云山上来，妄图以此搪塞应付。何香凝当场予以一一揭露和驳斥，据理力争。由于孙中山在反击叛军中孤立无援，已于8月9日离开广州前往上海，而原在韶关的北伐军也已离开了粤北，陈炯明觉得威胁已经暂时解除；同时，又慑于以前留驻漳州的那些粤军干部对廖仲恺还有好感，不敢贸然杀害廖仲恺。因此，陈炯明踌躇再四之后，勉强同意把已囚禁了62天之久的廖仲恺释放。

廖仲恺被释放回到家中时，已经是当日的深夜了。何香凝预感到明天陈炯明可能会变卦，19日凌晨3时，两人才相偕离开家门。果然不出所料，19日上午10时，陈炯明又派出军队到廖仲恺家，要重新逮捕廖仲恺。这时他们离开广州码头不过几个小时。

廖仲恺脱险后，不仅不因所受困厄而气馁，还更加豪情焕发，到香港未停留，便立即转赴上海与孙中山会合，重新投入新的斗争。

国民党改组的坚强支柱

孙中山领导的护法运动历时5年，终告失败。廖仲恺亲眼看到孙中山多次上老军阀的当，现在又大吃新军阀的亏，几乎被逼得走投无路。事实使他们不得不去联合真正的革命力量，寻找新的革命道路。

十月革命后，孙中山曾在极秘密的条件下，与列宁在函电中讨论东方革命问题。他1920年秋在上海会见了共产国际派到中国来的第一个使者魏金斯基，进行了友好的交谈；1921年底，又在桂林军会见了列宁所派遣的共产国际执行委员会和民族殖民地委员会秘书马林，商谈了改组国民党和建立军校问题。这次接

何香凝亲笔画虎赠黄兴

触，加深了孙中山对苏俄及共产党人的了解。他在会见马林后，立即通过电报将会谈内容介绍给廖仲恺，并向廖仲恺指出：从前听说苏俄实行共产主义"很是诧异"，见到马林后，对俄国有所了解，心里非常高兴。从此，他决心以苏俄为自己的革命榜样。在此前后，孙中山又受到中国共产党人为争取建立民族民主统一战线所进行的"热心与诚意"的帮助。中国共产党1922年6月发表的第一次对时局的主张，7月发表的第二次全国代表大会宣言及作出的《关于"民主联合战线"的决议案》等文件中，提出的中国民主革命的反帝反封建的内容和建立民主主义联合战线的主张，对于刚刚遭受严重失败、处在苦闷彷徨中的孙中山是有力的帮助，使他对时局有了更清楚的认识。此外，中国共产党在《向导》上发表文章对他给以有益的帮助；还通过党员李大钊、林祖涵等与孙中山的接触直接给以影响。正是在共产国际和中国共产党的帮助下，孙中山对他领导革命一再失败的原因，进行了认真的总结，开始摒弃联合封建军阀的做法，接受了中国共产党反帝反封建的革命纲领，从而实现了伟大的转变，从旧民主主义革命道路走上了新民主主义革命道路。

当孙中山实现这个伟大转变时，廖仲恺给他以积极支持和协助，并与他并肩前进。

早在十月革命胜利和中国共产党成立使中国革命发生了根本变化时，廖仲恺在孙中山随着时代不断进步的言谈和行动带动下，便同孙中山一起，从这个变化中看到了中国革命的灿烂前程和通向胜利的道路，从而也实现了顺应历史潮流的伟大转变。

1918年夏，孙中山被滇桂军阀排挤出广东军政府后，就开始把目光转向苏俄。他与列宁之间多次进行函电的来往。1919年间，廖仲恺在上海时，和朱执信等就开始和苏俄人士接触，并在孙中山领导下组织了俄文学习班，准备学习和研究列宁的革命理论。在他们编辑的《建设》杂志上，还发表了介绍十月革命的文章。1922年1月，共产国际代表马林与孙中山会谈后，离开桂林经广州返回上海时，廖仲恺在广州又会见了他，并进行过友好的会谈。通过这些活动，给予原来已对苏俄具有好感的廖仲恺以深刻的影响，使他对十月革命和苏俄有了更多的认识。陈炯明叛乱事件，对廖仲恺的教训也是十分深刻的，使他和孙中山都不能不重新探讨革命的道路，从而更加强了要以苏俄为自己的革命榜样和联合中国共产党共同进行革命的决心。

1922年8月间，廖仲恺自广州经香港到达上海时，正值孙中山和中国共产党人李大钊进行会谈。通过会谈，孙中山接受了李大钊提出的"振兴国民党，以振兴中国"——即改组国民党的重要建议，决心同共产党人合作，在共产党人的帮助下，学习俄国的革命经验，重新组织一个有严格组织纪律和强大战斗力的国民党，把民主革命继续进行下去。从此，第一次国共合作就开始酝酿起来了。

同年8月下旬，当孙中山在上海会见了苏俄全权大使越飞所派的代表，就"远东大局问题及解决方法"进行了商谈之后，廖仲恺受孙中山委托，为深入商议联俄、联共问题，准备同越飞作进一步会谈。廖仲恺为了避开特务的侦察，以参加侄女承麓和许崇清10月间在东京的婚礼为理由，于9月下旬偕同何香凝等由上海赴日本。当时，廖恩焘担任北洋政府驻日本代办。廖仲恺抵日本后，便住在东京中国公使馆中。他"利用了'公使馆'的有利条件，秘密地展开了和越飞会谈的工作。"他们详细交换了反对帝国主义及中苏合作的初步意见，为后来发表的《孙文·越飞宣言》做好准备。11月间，因日本"特高"（特务人员）的跟踪，会谈只好中断，廖仲恺从日本返回上海。由于双方都采取了正确的态度，抱着真诚合作的精神，所以，会谈取得很大进展，联俄即将实现。孙中山感到革命的前途非常乐观，他说"外国日日之进步，非纸墨所能尽，仲恺来，当能略道一二。总之，十数年来，在今日为绝好之机会，吾人当要分途奋斗，不可一时或息，庶可不负先烈之牺牲，国人之期望也。"喜悦之情，溢于言表。同月下旬，廖仲恺又奉孙中山命，由上海专程前往福州慰劳东路讨贼军，慰问了许崇智所率领的部队。事毕，返回上海。

何香凝与宋庆龄

矢志革命　百折不回
——近代民主革命家廖仲恺

1923年1月，越飞从北京到上海会见孙中山。双方就中苏关系等问题进行了几次会谈，于26日发表了《孙文·越飞宣言》，确定了平等友好的中苏关系。宣言把"民国的统一之成功，与完全国家的独立之获得"，作为"中国最要最急之问题"；并声明"关于此项大事业……中国当得俄国国民最炽热之同情，且可以俄国援助为依赖也"。宣言充分表明了孙中山开始消除对帝国主义的幻想，把目光转向社会主义的苏联，标志着孙中山联俄政策的确立。宣言签订后，廖仲恺奉孙中山委派，陪同患足疾的越飞去日本，准备再次会谈，商量合作的具体问题，以便把联合宣言具体化。这次，廖仲恺以女儿梦醒赴日治病为掩护。他们于1月27日乘轮船由上海启程，2月1日抵日本，然后分别去了热海。为了避开特务的侦察，这次会谈在日本著名温泉伊豆山海滨的"热海饭店"秘密进行，时间长达一个月左右。廖仲恺和越飞"住在一块，天天讨论，非常契合"；"他们一谈话就有好几个钟头，"并且每次谈话后，廖仲恺"都是满面笑容，表示出很得意的样子"。后来汪精卫在国民党第二次全国代表大会上的《政治报告》中曾说：廖仲恺"因为有一个月之久和越飞互相辩论，把各种问题通通研究过了"。所以，"此时东方人未知道的许多事情，廖同志便已知之甚详，如俄国之现状，俄国对东方被压迫民族之态度，与俄国何以想和中国携手之原因，都已十分了解"。这说明廖仲恺从谈判中了解了关于十月革命和苏联政治制度、内外政策的理论和实践。

和越飞的相处、恳谈，是廖仲恺的思想转变的关键。此后，他的视野开阔了，观察敏锐深入了，开始明确中国革命一些基本问题，完全理解和赞同联俄、联共、扶助农工的革命政策，从而竭诚拥护和全力支持孙中山改组国民党。廖仲恺也因此更加得到孙中山的信赖，得到共产党人的尊重。

孙中山接受共产党提出的关于建立联合战线的意见后，便在共产党人的帮助下，积极进行改组国民党的准备工作，为实现国共合作创造条件。1922年9月4日，他召集在沪各省同志（包括已加入国民党的共产党人）53人，对国民党改组问题交换了意见，得到了一致的赞同。9月6日，在上海成立了国民党改进案起草委员会，包括共产党人陈独秀在内的9人为委员，开始筹划国民党的改组事宜。改进案起草委员会起草的初稿完成后，11月15日又召集在沪各省同志59人（包括已参加国民党的共产党人林祖涵等）进行审查、修订。12月16日至18日，孙中山再次召集在沪同志65人，审查国民党改进案宣言，并审核党纲、党章。

1923年元旦，发表《中国国民党宣言》，次日，召开了中国国民党改进大会，公布了党纲和党章草案。21日，孙中山以总理名义任命中国国民党本部各部部长。23日，廖仲恺等21人被任命为参议。此外，军事委员会委员、本部干事、书记及国内总支部、分部成员，也一律重新委任。

这时，留驻广西的滇军杨希闵、桂军刘震寰以拥护孙中山为名，进军广州，向叛军陈炯明发动进攻，把陈炯明驱逐出广州。孙中山1923年2月由上海重新返穗，复任陆海军大元帅，3月1日成立大本营。廖仲恺于2日被委为大元帅大本营的财政部部长；同年5月7日调任广东省省长，以加强广东革命根据地和改组国民党工作的领导。

廖仲恺担任广东省长后，把主要精力用于协助孙中山筹备改组国民党的工作。1923年10月10日，中国国民党恳亲大会在广州第一公园举行。廖仲恺代表孙中山出席大会，发表演说，号召大家积极参加改组的工作。中旬，他和共产党人李大钊等5人奉孙中山的特命，担任了筹划改组国民党事宜的改组委员，从事于改定党章等项工作。24日，又接受孙中山的特别委派，负责召集国民党的特别会议，讨论改组问题。他立即行动，于第二天（10月25日）在广州财政厅主持召开了有一百多人参加的国民党的特别会议。会上，廖仲恺首先宣读了孙中山致与会者的专函，并组织大家按照孙中山提出的"详为审议、悉心擘划，务期党基巩固、党务活动，以达吾人之宗旨目的"的要求，讨论国民党改组的问题。廖仲恺在这次会议上明确指出改组的理由说：自中华民国建立以来的12年中，国民党"多在失败地位"，究其原委，"皆因根本不巩固"；并进一步指出"其故实由于组织尚未严密，今日必须改组，根本整理，本党方有起色。吾国如是之大，要改良政治，必先有严密组织之团体。"他结合个人的亲身体会说："本席在党用力多年，觉本党内容，多未完备，且欠缺纪律"，所以一定要进行改组。他强调今日"召集此特别会议，就是专讨论改组之必要，及改组之计划。"与会者经过认真讨论后，一致赞同按照所拟定的计划进行改组。

国民党广州市组织的改组工作，由于廖仲恺的亲自主持和努力，取得了显著的成绩。据当时的记载，截至1924年1月12日，广州市"成立了9个正式区党部、3个代理区（党部）、66个区分部、3个特别区党部"。党员登记者激增至8 218人，新增的党员多为青年学生及工人。

在进行国民党改组试点的同时，廖仲恺鉴于形势发展很快，依据国民党临时中央执行委员会的决定，在广州发起组织了国民义勇军。他发出号召后，广州市各区分部执行委员纷纷报名加入，几天工夫，已拥有二百多人。之后，稍加操练，就成为了一支保卫革命政权的武装力量。

11月29日，廖仲恺受孙中山的委派赶赴上海，与各省支部商讨改组问题，并召集胡汉民、汪精卫、张继、叶楚伧和戴季陶5人筹组国民党上海临时执行机构。12月9日，国民党中央干部会议在上海举行第十次会议，讨论有关改组事宜。大会之后，即举行上海7个区的分区会议，成立了各区分部，并投票选举了上海市出席全国代表大会的代表3人。廖仲恺受命主持或积极参与下的国民党临时中央执行委员会，在孙中山的直接领导和中国共产党与苏联顾问的帮助下，在改组工作的组织及宣传等方面，做了大量的工作。从1923年10月28日第一次会议开始，至1924年1月19日代表大

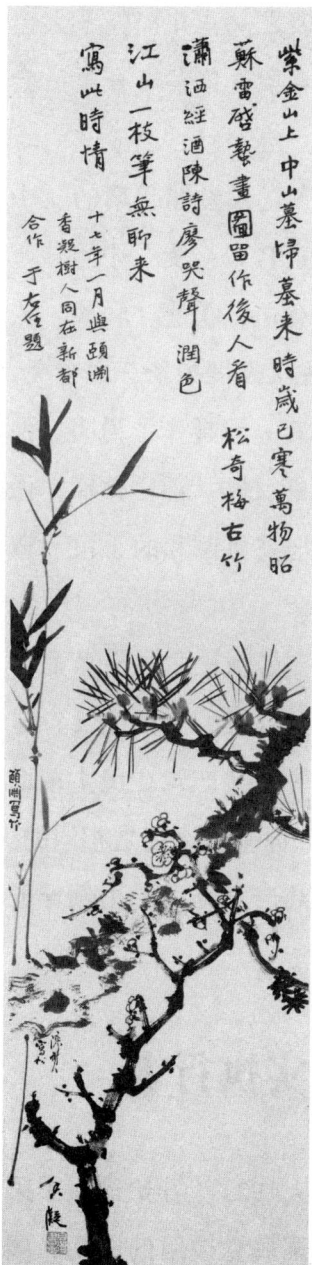

松奇梅古竹

蕭洒经洒陈诗廖哭声润色

苏雷启艺画图留作后人看

紫金山上中山墓归墓来时岁已寒万物昭

江山一枝笔无耶来

写此时情

十七年一月兴颐渊

香凝树人同在新都

合作 于右壬题

颜嗣写竹

何香凝作品

会开幕前止，两个多月的时间内共开会28次，议决后已办和正在办理的各种案件四百余件。其中最重要者，有全国代表大会案、国民党改组宣言案、党纲草案、组织义务军案、慰劳前敌军人案、筹办国民党军官学校案及筹设宣传学校案等等，胜利完成了改组国民党和召开第一次全国代表大会的一切准备工作。

1924年1月20日，以国共合作为标志的中国国民党第一次全国代表大会，在广东高等师范学校正式开幕。出席代表165人，孙中山以总理的身份亲自担任大会主席。共产党人李大钊、毛泽东、林祖涵等出席了大会。李大钊是主席团成员之一，参与大会的领导工作。廖仲恺被孙中山指定为广东省三代表之一，并担任了大会的党务审查委员会委员、国民党章程草案审查委员会委员，在大会中起了重要作用。

1月23日，大会通过由共产党人参加起草的《中国国民党第一次全国代表大会宣言》，接受了中国共产党所提出的反帝反封建主张，确立了联俄、联共、扶助农工的三大政策，把旧三民主义发展为新三民主义。《宣言》通过后，孙中山对《宣言》旨趣作了说明。他并指示："我们有此宣言，决不能又蹈从前之覆辙，做到中间，又来妥协。以后应当把妥协调和的手段一概打消。"

经过重新解释的三民主义，是新民主主义革命时期的联俄、联共、扶助农工三大政策的三民主义，是革命的三民主义。它的主张与中国共产党在民主革命阶段上的政纲虽然不完全相同，但基本原则是相同的。因而，新三民主义就成为中国共产党和孙中山领导的中国国民党合作的政治基础。

三大政策的忠实执行者

中国的新民主主义革命，从1924年开始进入了第一次国内革命战争阶段。由于国民党改组的成功，国民党和共产党实现了合作，革命统一战线的建立，革命运动开始高涨，中国革命出现了崭新的局面。

当时，工农群众运动在共产党人的组织和推动下，从低潮转向高潮。工人运动和农民运动的蓬勃发展，进一步推动了孙中山和廖仲恺等资产阶级革命民主派的进步。广东呈现一派革命景象，成了革命运动的策源地。

这时，孙中山和廖仲恺积极进行建立革命武装的工作。他们在十月革命的影响和中国共产党的帮助下，从过去因缺乏革命武装屡遭失败的教训中，逐步认识到组织革命军队的极端重要性。所以，在1924年国共合作前后，他们便决心吸取苏联红军的经验，着手建设自己的革命武装。

早在1923年10月，国民党临时中央执行委员会组成后，廖仲恺在积极筹备改组国民党时，就遵照孙中山要尽快培养为主义而奋斗的军事干部的意图，把筹办军官学校列为临时中央执行委员会最重要的决议案之一。在国民党第一次全国代表大会期间，1924年1月24日，孙中山便下令筹办中国国民党陆军军官学校（因设在黄埔岛，一般称为黄埔军校），指派邓演达、王柏龄、沈应时、林振雄、俞飞鹏、张家瑞、宋荣昌7人为筹备委员会委员，由蒋介石任委员长。当时，既

没有经费，又缺枪械，更没有教官，人力、物力都甚为困难。主持筹建工作的蒋介石，以"环境恶劣，办事多遭掣肘"为由，于2月21日提出辞呈，擅自离粤返回原籍浙江。孙中山于2月23日委派担负党务重任的廖仲恺代理军校筹备委员会委员长，负责筹建军校，并开始办理招生工作。

中国共产党和社会主义青年团的各地组织，对招生工作起了很大作用。北京、上海、武汉、长沙、济南等地区的党组织，介绍了大批党团员和青年工人前来投考，其人数之多，"占了应考者的一大部"。由于应考青年极为踊跃，3月间便完成了学员入学测验。5月5日，第一期新生500名入学。6月16日，黄埔军校举行开学典礼。孙中山出席开学典礼，并在讲演中强调指出，创办军官学校"独一无二的希望，就是创造革命军，将来挽救中国的危亡"。

孙中山对创建军校极为重视，原本决定亲自担任校长，后来另派蒋介石专任校长，兼军校总理。中国共产党先后委派聂荣臻、恽代英、肖楚女、熊雄、张秋人等在军校担任各项负责工作。为在军校中建立革命的政治工作，保证建军任务的实现，学习苏联红军的建军原则，设立了党代表和政治工作制度。廖仲恺于这年5月9日被孙中山委派担任驻校国民党代表。

廖仲恺担任驻校党代表后，更积极地为建立革命军队而努力。他认为要使军校和革命军创建成功，首要的大事是如何解决统一组织、意志和精神的问题。他说："要救中国，只有三件事：就是要统一的组织，统一的意志，统一的精神。却是这三件事，须从国民党做起，尤其须从本校做起。如果这三件事做不成功，就是本校失败。本校失败，就是国民党失败。"

基于"三统一"的主张，廖仲恺极其重视军校学员的政治思想工作。军校中除正式课程外，还经常举办各种讲演会，以求提高学员的政治思想觉悟和战斗意志。廖仲恺经常带头登台讲演，在《救国三要件》、《革命党应有的精神》和《在黄埔军校之政治演讲》等演说中，进一步阐述新三民主义的主要内容，宣传创

矢志革命　百折不回

近代民主革命家廖仲恺

建军官学校的目的和要求，以及革命军人应具备的品德等。他极力称赞苏联红军，指出俄国革命之所以成功，列宁的事业能够继续下去，"完全赖以主义为主干的军队——红军"。而在"俄国的军官学校，军事、政治是并行的，而且是并重的。偏重军事而轻于政治，是不可以的。偏重政治而轻于军事，亦不可以的"。因此，廖仲恺特别强调军人要用主义武装头脑，为主义而战斗。他尖锐指出："如果军队只知道打仗，不知道行主义，并不知道主义是什么东西……一定要变成反革命的军队。"他号召黄埔军校要以苏联为榜样，学习他们办军校的办法，"完全以主义为主干组织军队"，建设成真正的革命军。

廖仲恺在讲演中，还着重阐述了参加军校的目的是为了救国，而不是为了做官。廖仲恺对军校师生的所有讲演，"其主要目的总不离'以武力为民众的保障，进而为民众全有的武力'"。他的讲演，对培养革命军事干部和建立革命武装力量，起了重要的作用。

黄埔军校的创设，为建立革命军队打下了基础。以军校第一期毕业生为骨干，正式组织了革命军队，并逐步发展为国民革命军，成为统一广东和进行北伐战争的基本力量。

国民党和共产党合作后，革命统一战线日益巩固和发展，广东的革命形势日益高涨，引起了国内外反动势力的不安和破坏。为了扑灭中国民主革命的烈火，帝国主义者加紧了破坏的步伐，在广州组织了反革命叛乱——商团叛乱。

广州商团是一支代表帝国主义和国内反动势力的反动武装。它有10个团共4000人，连同后备力量共六千余人。它的头子陈廉伯是英国汇丰银行广州分行的买办。它的一切行动，听命于港英政府。商团与广东革命政府的直接冲突，发端于1924年5月。当时，广州市政厅财政局决定征收铺底等捐，商团坚决反对，并借此联络附近各县商团和乡团酝酿罢市。后经调停，政府取消捐税。但商团代表们却于5月28日在广州集议，名为"团务会议"，实则组织联防。会议决定成立联防总部，并推举陈廉伯、邓介石和陈恭受（佛山商团头子、恶霸地主）为总长和副长；还确定于8月中旬在广州举行"大联团开幕典礼"，大肆庆祝，以向广东革命政府示威。陈廉伯为准备叛乱，擅自向香港南利洋行定购长短枪9 841支，子弹337.42万发，由悬挂挪威旗之丹麦商船"哈佛号"潜运广州。8月10日，广东革命政府查获后，扣留了这批非法偷运的枪弹。商团便以此为借口，出动两千多名团丁，包围了孙中山的大元帅府，索取枪弹。陈廉伯一方面与国民党右

何香凝作画

派、军阀暗中勾结，狼狈为奸；一方面胁迫商民罢市，大肆攻击孙中山主持的政府"赤化"、要"实行公夫公妻主义"，以煽动武装暴动。截止到25日，广东全省包括广州在内已有一百多个城镇陆续罢市。28日，英帝国主义派出军舰9艘集中白鹅潭，并将炮口指向中国军舰，进行恫吓；当晚，领事团向担任广东省长的廖仲恺提出"警告"和"抗议"。英国驻广州总领事向大元帅府发出最后通牒，竟然蛮横地宣称"奉香港舰队司令之命，如遇中国当道有向城市开火时，英国海军即以全力对付之"。

围绕处理商团叛乱事件，革命阵营内部发生了严重的分歧。当商团发动罢市，胁迫革命政府发还枪械时，国民党右派在内部暗中配合，反对孙中山对商团采取的果断手段和强制商团复市的措施。他们以"调解人"自居，要求"和平慎审"，鼓吹"和平解决"。伍朝枢等还阻止工团军、农民自卫军的建立，不同意由群众组织或省署接管粮食贸易和罢市的商店。握有兵权的右派——滇军的范石生、廖行超和盘踞广州河南地区的李福林等，更直接同商团相勾结，同商团酝酿谈判条件，企图帮助商团军取得合法地位，向革命政府施加压力。而共产党人、廖仲恺为代表的国民党左派、革命军人和广大工农群众则要求对商团的叛乱给以坚决镇压。在这关系广东革命政府生死存亡的紧要关头，共产党人和廖仲恺为代表的国民党左派，在广大工农群众和革命军人的支持下，同国民党右派和军阀进行着激烈斗争。

廖仲恺觉察到商团的"突然集会，突然设部（指联防总部）"，目的是在反对革命政府，所以在8月上旬就颁布训令，严禁商团成立联防总部。扣械翌日，廖仲恺又发布《省长公署布告》，斥责帝国主义者通过陈廉伯私运武器的错误，并严正指出：丹麦商船这一非法行为"实属蔑视我国，为国家威信，不能不将该轮扣留。"当商团集众闹事后，廖仲恺和孙中山为了防

止商团叛乱，从12日起，便陆续调派黄埔学生军和部分滇、桂、湘军进驻广州，以维持社会治安。廖仲恺不顾帝国主义的恫吓，提出要将陈廉伯私运的枪械全部没收，并颁发了通缉罪魁陈廉伯和陈恭受的命令，22日又发出通电，揭露陈廉伯等的罪恶阴谋，要求驻广州各军协助查办，拿获归案。通电中指出：陈廉伯"勾结北方军阀，图谋内乱，实属罪大恶极，万难姑容"；陈恭受"纠匪谋乱，厥罪尤著，应予一并通缉，以遏乱萌"。同时，他于8月21日至25日的五天中，向广州市总商会及广东各县商会商团等团体连发五通电报，公布二陈罪状，告诫他们不要受其蛊惑，晓以大义，劝促他们协助政府讨平叛乱；还连续多次以省长名义发出布告，警告商团，若煽动罢市，将给予严厉制裁。当范石生等右派同商团在29日达成了协议，用所谓调停条件向孙中山施加压力时，廖仲恺非常气愤，被迫向孙中山面辞省长职务，以表示自己的抗议。

早在商团叛迹初露时，中国共产党人就指出不可"姑息养奸"，后来又多次要求孙中山排除国民党右派的干扰，对猖獗一时的商团给予迎头痛击。广大工农群众对商团的倒行逆施义愤填膺，积极支持孙中山，决心武装起来，同商团"决一死战"。广州工人代表会在通电中声讨了商团的累累罪行，表示"誓为政府之后盾"。廖仲恺领导的工人部直接指挥的工团军，进行了编制和训练；广州附近各属农会纷纷组织农民自卫军。广东农民运动讲习所的学员也建立了农民自卫军，警卫省长公署。革命政府掌握和影响的黄埔军校、粤军讲武学校、滇军干部学校和桂军军官学校这四所军校的两千多名学员，一致拥护政府扣留枪械，表示坚决支持政府对商团所采取的果断措施。特别是黄埔军校的学生军，自扣械事起，全体表决，拥护扣械，"并准备与商团作战"。

廖仲恺坚决主张对商团叛乱"彻底严办"。他不顾国民党右派和军阀的阻挠和破坏，和革命群众一起继续对商团进行不懈的斗争。他"领导着农军立在战线上，拥护革命政府肃清反动的资产阶级的武装"。他主张统一管理全市存粮，防止商团毁坏粮食；大力支持广州市民组织平粜委员会，准备接管粮食和罢市商店。他主持的省长公署，则准备"管理西关粮食"，以防止英帝国主义及其走狗——买办阶级利用市民的粮食问题，破坏对商团的镇压。

1924年10月10日，商团公然发动武装叛乱，袭击庆祝武昌起义十三周年的游行队伍，惨杀游行群众，并封锁市区，张贴反动标语，准备进一步发动大规模的武装叛乱。孙中山在共产党人和群众的支持下，决心镇压叛乱。当天成立了以孙中山为会长的革命委员会，作为镇压反革命叛乱的权力机关。廖仲恺和谭平山等人担任全权委员。廖仲恺还兼任革命委员会秘书。他和共产党人一起，同国民党内部包庇商团叛乱的右派分子进行了针锋相对的斗争，"力持打倒商团"，全力支持孙中山对商团采取果断手段。当孙中山于11日调警卫军及湘、粤军各一部从韶关连夜回师广州戡乱

矢志革命 百折不回
——近代民主革命家廖仲恺

时，廖仲恺一方面接济回省的部队，一方面督促广州市公安局加强戒严工作。他对公安局的软弱无能非常气愤，严厉斥责该局局长吴铁城说："警察不能站岗，政府布告被撕掉，尚还有政府么？这样就是反革命行为。反革命分子就要用武力来对待。警察是干什么的？自己站岗的地方都不能保，要来何用？真是饭桶！"15日，在工团军、农民自卫军、黄埔学生军配合政府军队的进剿下，只经过几个小时的战斗，便把商团军全部歼灭，粉碎了英帝国主义妄图颠覆广东革命政府的阴谋。

商团叛乱的被镇压，解除了广东革命政府的一个"心腹之患"，打击了英帝国主义和军阀、右派的势力，巩固了革命策源地，并为广东的统一创造了条件。

成长为坚定的国民党左派

早在国民党第一次代表大会期间，1924年1月29日，廖仲恺就被孙中山委派担任大元帅大本营秘书长。国民党改组后，他被选为中央执行委员、常务委员、政治委员会委员和军事委员会委员，并先后兼任工人部部长、农民部部长和黄埔军校党代表；在政府工作中，除在6月担任广东省省长外，还先后兼任财政部部长，军需总监、广东省财政厅长、中央银行董事和广东筹饷总办等要职，成为国民党中央的核心人物。有一个时期，廖仲恺同时担任了13个重要职务，他的影响几乎扩展到广东革命政府的政治、军事、财政、工农运动等方面各个部门。因为工作任务繁重，他每天工作十二至十七小时。他勤勤恳恳，任劳任怨，踏踏实实地工作，和共产党人一起，推动着民主革命运动前进。在共产党人的帮助下，通过实际斗争的锻炼，廖仲恺的思想发生了重大变化。他对中国的反帝反封建革命有了较为明确的认识，形成了比较正确的观点，迅速地成长为坚定的国民党左派，"无产阶级的好朋友"。他不但对孙中山的新三民主义纲领服膺到底，而且对它作了具体的阐述和发展。

廖仲恺在这之前虽然逐步意识到中国民穷财尽的根源在于政治不良，但政治不良又是什么造成的呢？认识还比较模糊，因而对中国社会的分析总抓不住要害，开出来的救济之方也往往是舍本逐末。例如他曾经大力提倡过铁路建设，也鼓吹过"钱币革命"等等，认为这些是建设中国的关键。现在，他接受了中国共产党的民主革命纲领，认识到"帝国主义东渐，吾国沿江皆变为其势力繁殖之所在地，以致此数千年来过惯安定生活之中国人，一变而日处于飘风凄雨之中"，并明确指出帝国主义之侵略"实为万恶之源"。他认识到中国乱弱的根源在于军阀的压迫，而军阀以及依附于军阀的官僚政客之所以能在中国为非作歹，祸国殃民，是因为他们背后有帝国主义的支持。"军阀——是一傀儡，列强帝国主义者在后拉线"。他明确指出："中国不乱，外国人无利益，这就是外国帝国主义压迫之明证。"乱源找到了，革命的方向也就明确了，他不再像过去那样抓些枝枝节节，而是抓住要害，把矛头开始指向帝国主义。随着革命形势的发展，他反帝的态度也越来越鲜明和坚决，认为"我们若要实现三民主义，要先打倒帝国主义才可达到目的"。他也看清了官僚、军阀是帝国主义在中国的代理人，明确认识到"官僚军阀与帝国主义，是我们全国人民的公敌"，革命的主要敌人是帝国主义和封建主义，因此，他说"在殖民地半殖民地的国民革命运动，对内要打倒官僚军阀及一切反动力量，对外要抵抗帝国主义者的重重压迫"。"吾人其不欲解决吾人之痛苦及谋国家人民之丰富则已，否则必须与帝国资本主义者战！吾人其不欲打倒帝国资本主义则已，否则必先与国内军阀战！"廖仲恺在《中国实业的现状及产业落后的原因》、《帝国主义侵略史谈》等演说中，特别是在《革命派与反革命派》这篇有代表性的论文中，充分表现了他反帝反封建的思想，明确打倒帝国主义与封建军阀是中国民主革命的首要任务。这是廖仲恺在政治思想上的一个飞跃，也是他政治上走上成熟的标志。

这些情况表明，随着革命形势的不断发展，在共产党人的帮助以及孙中山不断进步的革命思想的影响下，廖仲恺1924年初的政治思想——特别是反对帝国主义的思想，提高到一个新的境界。他既跨越了自己过去的认识，又超出同时期其他资产阶级革命民主主义者的观点，达到了当时资产阶级革命家所能达到的较高水平。

由于廖仲恺对中国的反帝反封建革命有了较明确的认识，因而反对帝国主义和军阀官僚的态度是非常坚定的。在1924年1月30日，国民党第一次全国代表大会第十六次会议上，他就提出废除租界和治外法权等帝国主义侵略特权，认为"租界制度于20世纪之今日尚任其存在于中国，实为中国人民族之耻辱"，主张租界"应由中国收回管理"，"外国人在中国领土内，应服从中华民国之法律"。此后，他在多次讲演中，用铁的事实揭露帝国主义侵略中国的罪行，指出帝国主义者之所以不惜远道用兵，"实有两种目的：第一、为谋永远撤去我海关之屏障，以任其予取予携；第二、为占领香港、强开通商口岸，以为其经济上侵略东南亚之根据地"。他说：自鸦片战争之后，中国"财库宝钥之海关沦为列强所共管"，结果是，"我们中国无论何处，有水可行船的地方，便充满外国人的船，"中国沿海岸线的主权，已完全丧失；中国船业也遭到了很大损

北伐纪念碑

失。帝国主义者利用不平等条约，肆无忌惮地掠夺，使我国实业不能发达，永远处于民穷财尽的地位。廖仲恺大声疾呼；我国人民如果不力图振作起来，打倒帝国主义及其走狗——反动军阀和官僚政客，此后就要永远受压迫、受痛苦；"吾人如欲避免此压迫、此痛苦，非先收回海关不可。要收回海关，非先打倒国内军阀，唤起国民革命不可。"所以，"帝国主义，我们要打倒他，条约我们要推翻，我们才有翻身之日。否则被帝国主义侵略入了地狱，三民主义永不能实现了。"他号召人民聚集在新三民主义的旗帜下，为打倒

帝国主义而奋斗。廖仲恺在商团事件中，面对帝国主义的威胁，不畏强暴，力主镇压，表现出要和帝国主义斗争到底的决心。

忠实执行"联俄"政策

廖仲恺对于孙中山的联俄、联共、扶助农工三大革命政策服膺到底，是三大政策的积极拥护者和坚决执行者。国民党改组后，他毅然以推行三大政策为己任，至死不渝。

廖仲恺竭力促成并忠实执行孙中山的"联俄"政策。二十多年的革命实践，使廖仲恺对孙中山提出的"中国革命，非以俄为师，断无成就"的论断深有同感。他认为全世界只有俄国解决了社会制度问题，因此提出："中国在这时代，自己经济的基础这样薄弱，而所受国际经济的压迫这样深重，若能够有所树立，除非是建一社会主义的国家。"诚然，廖仲恺所说的社会主义，没有科学的蓝图，他要求的"人人有平等的机会，社会无偏枯之病"，只能说是激进的民主主义思想。但是，社会主义的前景毕竟刻进了他的头脑。也正因为有这样的思想，所以他能把孙中山的"联俄"政策执行到底。他高度评价列宁的革命精神，真诚接待苏联友人。1924年2月24日，廖仲恺在广州主持了中国国民党追悼列宁大会，并在会上发表演说，赞扬列宁是"打破帝国主义的实行家"，"他所做的事都是为被压迫民族奋斗，为无产阶级而奋斗。"他亲切地接待苏联派来帮助中国革命的鲍罗廷顾问和加仑将军等国际友人，虚心地向他们学习，诚恳地和他们共事，认真解决他们在工作中和生活上的各种困难。他和苏联顾问鲍罗廷"交往甚密"。鲍罗廷担任国民党特别顾问这一要职，有一记载说是由于他的举荐。苏联友人也把廖仲恺视为"志同道合"的知己，"乐与共事"。鲍罗廷夫人在称赞廖仲恺的真诚和热情时说："当我辈初抵广州时，觉百凡皆异，颇为困难……所幸得遇知己，数人志同道合，此数人中廖君乃其一。彼此意见相投，深信可以共患难安乐，以作吾辈之事于中国。余事务甚繁琐，偶遇疑难之事，余即以电话达廖君，无不妥办，数数然也。足见廖君忠诚可靠。犹忆去年（即1924年）10月，我维罗士其船之海员，因患热症，遂以电船由黄埔载至长堤，顾初意本拟载往德国医院，唯时已夜半两点钟，乃电话达余，余即电话告廖君，君曰：'待我为之'。余乃归寝。翌晨，始知廖君于夜中亲往长堤，与医院接洽，勾当一切。诸如此类，不可胜数。故余等乐在此工作。凡余等有所请求，廖君必亲为之，鲜委下属，故我诸同志，均为所感，乐于共事。"

同共产党人真诚合作

廖仲恺对于孙中山的"联共"政策坚信不疑，竭力贯彻，并同反对"联共"政策的国民党右派分子进行了不懈斗争。国共合作后，国民党内右派分子采取各种手段继续反对"联共"政策。1924年6月1日，黄季陆、孙科（广州市党部执行委员）向中央党部提案，要"裁制共产党"。18日，张继、谢持和邓泽如以国民党中央监察委员名义，特函国民党中央执行委员会，捏造事实"弹劾"共产党员和社会主义青年团员，并

矢志革命 百折不回
——近代民主革命家廖仲恺

呈请孙中山予以严重处分。1924年中，国民党中央监察委员会提交中央执行委员会的案件，见诸记载的十件内，就有四件是反对"联共"政策的。其中，有的竟纠集上百人，如谭达三等252人、邹德高等100人弹劾"联共"政策。可见围绕"联共"问题，斗争异常激烈。廖仲恺始终坚持这一政策的贯彻执行，绝不因右派分子的攻击和破坏而动摇。

廖仲恺不是共产主义者，当有人把他当作共产党员时，他曾经在公开场合屡次否认（国民党中央执行委员会在1924年3月还发表过否认的声明），也多次提出共产主义不适合当时中国国情的观点。但是，他认为共产党人是真正的革命者，坚信共产党人加入国民党是使国民党起死复生，成为"一个新生命"的重要因素，明确指出"想要打倒帝国主义，非与共产党亲善不可"。因此，他一直支持中共党员在广东革命政府的党、政、军各机关中公开活动，真诚地和他们保持良好的合作关系，共同推行国民党第一次代表大会所决议的政纲。他在担任国民党中央工人部长期间，凡关于开展工人运动的工作，都虚心听取中国共产党人的意见，"从没有表示过异议"，把领导工会的重要工作都交给工人部秘书、共产党员冯菊坡处理；把领导农民运动的工作交给农民部秘书、共产党员彭湃负责，并由彭湃担任国民党中央农民运动讲习所的主任。在黄埔军校任党代表时期，他亲自迎接从法国巴黎归国的周恩来到军校担任政治部主任，经常在一起研究问题，保持着真诚的合作关系，并受到教益。他很敬佩共产党高级领导人周恩来，称赞他为"共产党的大将"。

廖仲恺还经常推荐共产党人担任工农运动部门的干部。当时著名的工农运动领袖、共产党员彭湃和冯菊坡、施卜、罗绮园等都担任过工人部、农民部的秘书或干事，刘尔崧担任在廖仲恺主持下建立起来的广州工人代表会主席。廖仲恺担任顾问的广东农民协会和省港罢工委员会的领导人中，包括了邓中夏、苏兆征、李森、阮啸仙、周其鉴、杨殷等著名的共产党人。作为工人部、农民部的特派员到各地从事工农运动

北伐军推进到长江流域后，何香凝在汉口庆祝北伐胜利大会上演讲

工作的共产党人，为数更多。廖仲恺不仅同这些与他有直接工作关系的共产党人友好共事，而且还同当时在广东工作过的共产党人经常联系，相互合作，建立了深厚的革命友谊。后来，何香凝追忆这段历史时说："当时在广东的，或到过广东的共产党员，有李大钊、彭湃、苏兆征、杨爬安、周恩来、蔡畅、邓颖超、林伯渠、吴玉章、聂荣臻、肖楚女、熊雄、熊锐等，毛主席也去过广州。仲恺始终和他们真诚合作。谭平山当时也是中共的负责人之一，他和仲恺关系是很密切的。"这充分说明，廖仲恺竭诚拥护并坚决执行孙中山的"联共"政策。他同共产党人这种真正的合作关系，成了第一次国内革命战争时期"国共合作"的典范。

竭力支持"扶助农工"政策

廖仲恺执行孙中山的"扶助农工"政策也是非常认真并全力以赴的。同孙中山一样，从多次失败的教训中，廖仲恺深切地体会到要战胜强大的帝国主义和军阀，没有广大人民群众，特别是农民的积极行动是不可能的。他在国民党改组前后，对工农阶级在国家中的地位以及工农群众运动的重要作用，有了比较正确的认识。他认识到："我国农工占全民十分之九，以这十分之九之大多数农工阶级，来做反帝国主义反军阀的中心势力，当得到胜利。"所以，他把国民革命重新解释为："以理想来结合群众——工农商学阶级——使他们自身去武装起来去扫除障碍"的革命。他还多次提到国家要维护农工商学的利益，多次强调"若要中国强，必须提高农工地位"，"挽救农工，即所以挽救中国"；并提出以对待工农的态度，来划分革命与反革命的界限。他说："占我国人口最多的是农工阶级，那一派人替农工阶级打消压迫他们的力量，便是革命派。反而言之，凡与军阀帝国主义者妥协，并压抑农工的人们，便是反革命派。"这就清楚地说明，廖仲恺不仅认识到中国革命必须反帝反封建，并在一定程度上认识到工农阶级在中国革命中的重要作用；他是站在工农大众一边、坚决反对帝国主义和封建主义的。这是廖仲恺竭力支持"扶助农工"政策，并在推动工农运动发展方面做了许多有益的工作的思想基础。

国民党第一次代表大会后，廖仲恺就担任了国民党中央第一任工人部长。紧接着，他又成为国民党农民运动委员会的领导成员；1924年11月，兼任了国民党中央农民部长，后来还担任了广东省农民协会和省港罢工委员会的顾问。在廖仲恺的主持或参与下，革命政府先后制定了关于农民运动第一次和第二次宣言，制定了农民协会和农民自卫军组织法，制定了工会组织条例；并分别以大元帅、国民党中央执行委员会或广东省省长的名义公布。这些文件，号召工人组织工会，农民组织农会，指出："此种农民协会之性质，为不受任何拘束完全独立之团体"，农会可以"在一定计划之下，组织农民自卫军"。这些文件，是中国第一个保护农民协会、提倡农民自卫的政府法规，也是中国第一个承认工人有组织工会以及言论、出版和罢工自由的政府法规。这是中国工农运动史上的创举。廖仲恺还特别注意督促各级政府部门认真执行这些法令与条例。他除以广东省长名义颁发命令，要各县行政官对派出从事农民运动的干部"应竭力援助"外；还经常教育部属注意贯彻"扶助农工"政策。例如蔡鹤朋被委为广宁县长赴任时，廖仲恺就同他"谈过保护农民的话"，等等。

廖仲恺在贯彻"扶助农工"政策的工作中，尤其注意发动农民参加国民革命。他高度估计农民运动的作用，认为占中国人口最多的农民是中国革命的主要力量，指出"国民革命之主要分子为国民，国民中最多者莫如农民"，"故我国国民革命之成功与否，全在乎农民之了解革命与否一问题"。因而主张"吾人其不欲解决吾人之痛苦及谋国家人民之丰富则已，否则必须与帝国资本主义者战！吾人其不欲打退帝国资本主义者则已，否则必须先与国内军阀战！吾人其不欲打倒国内军阀则已，否则必先唤起全国国民，共图国民革命！吾人其不欲国民革命成功则已，否则必先去干农民运动"！廖仲恺提出必须使农民明白，革命运动的成败与他们的切身利益息息相关；而为了维护切身利益，取得自身的解放，农民必须充分地组织起来，武装起来。他"屡次对农民演说，均再三告诉农民要自卫，并许政府可以廉价卖枪给农民自卫，于是才产生农军"。为了培养农民运动的干部，他大力支持建立广州农民运动讲习所，除派出国民党中央农民部秘书、共产党员彭湃担任该讲习所第一届主任外，还亲自兼

矢志革命　百折不回
——近代民主革命家廖仲恺

任了第一届和第二届的教员，多次到讲习所讲演和授课。他还不辞劳苦，放下架子，多次到香山（今中山）、南海等县农村去访问农民，发动农民，推动农民运动。他随身携带行军床，晚上就宿在农民家中，了解农民的疾苦，同农民群众交朋友。1924年夏，廖仲恺偕同谭平山到香山县，出席一万多人参加的农民代表大会，讲解国民党关于农民的政纲。他们从广州乘船登岸后，拒绝乘坐县公署预备的轿子，"步行至该县党部，参与欢迎之工农友们，觉得这些国民党中央委员、省长们……充满了平民的精神，都讶为奇观。至先生（指廖仲恺）亲找农民谈话时，更叹为得未曾有"。5月，他偕同罗绮园等去佛山南浦乡，参加农团军成立的开幕典礼，支持农民建立自卫的武装组织。7月，《农民协会章程》正式颁布后，廖仲恺又到香山县九区大黄圃，参加该地举行的有万余人参加的农民代表会议，向农民群众讲解组织农民团体，团结自救的道理。他对农民群众说：农民协会是你们农民的救生圈，"救苦救难的并不是观世音，就是农民协会！你们大家努力去团结起来，组织农民协会去吧！"他对各地农民协会热情的赞助和支持，促进了当时农民运动的发展。

同年11月，在中国共产党广东区委所属农民运动委员会负责人彭湃、周其鉴领导下，广宁县农民协会开展减租运动。地主劣绅们为了反抗减租运动，竟先后组织了"保产大会"和"业主维持会"，并组织民团武装强行收租，围攻农会，在农村中锁人、拉牛、烧屋、屠杀农民，气焰十分嚣张。廖仲恺得知后，坚决站在农民一边，并给予大力的支援。他应彭湃的请求，派出以共产党员徐成章、廖乾五为领导的大元帅府铁甲车队一连前去镇压地主的暴行。稍后，考虑到铁甲车队力量比较薄弱，又命令驻防西江一带的粤军第三师派兵一营增援；并指定由廖乾五、彭湃和第三师师长郑润琦、广宁县长蔡鹤朋等组成缉绥委员会，解决广宁的武装冲突事件。廖仲恺在他亲笔草拟的大元帅命令中明确指出："此次调兵，全在护卫农民，清除土劣，务使横霸乡曲、损人肥己者，绝迹销声，不为农害"。旋由于蔡鹤朋偏袒地主，污蔑农会；郑润琦表面中立，态度暧昧，廖仲恺又增派大元帅府卫士队携带大炮一门前往支援。后来，当他得到彭湃等关于卫士队长卢振柳同情地主的报告后，立即撤掉卢的职务，以廖乾五兼任卫士队党代表、谢星继代理卫士队长，并撤销缉绥委员会，重新任命彭湃、廖乾五和谢星继三人组成军事委员会，全权负责镇压广宁地主暴乱。由于廖仲恺的大力支援，广宁农民反对地主的武装斗争终于取得了胜利。

廖仲恺很注意接待农民群众来访。他告诫身边的工作人员说："今后如有学生及农民工人来问什么，你们应该详细向之解释。"当时的农民部秘书罗绮园回忆说："凡有农民来见他无不接见，农民请他做事他没有不马上做，绝不踌躇。我……每每因为农民的事，或在清早，或在深夜，去见他请示

何香凝作品

办法，他不但坚决地迅速地干了，并且还作详细理论的解释，毫无倦容。"

廖仲恺很重视工人运动。他把组织工会和工团军，视为工人阶级求得解放的极为重要和极为有效的手段，并亲自解决工人运动中的一些问题，以求统一广东的工会组织。1924年3月，他主持召开近千人参加的国民党广东工人党员大会，作了《工人对于国家的责任

及团体之利益》的演说，鼓励大家推进工人运动；5月，又主持了广东各界"五一"国际劳动节纪念大会和广州市工人代表会开幕式，并担任工人代表会的主席。他经常亲自过问工人运动中的各种问题，关心工人的疾苦，维护工人的利益。当时广东江门油业工会会员千余人参加"五一"游行，油业资本家、江门市商团第四分团长李超借端寻衅，督率商团军数百人包围工会，杀伤工人数十人，造成严重的流血事件。廖仲恺闻讯后，非常愤慨，即以工人代表会主席的身份领衔，同二百位代表联名发出通电，谴责资本家和商团的反革命暴行，声援江门油业工人的斗争。通电中指出，必须坚决抵抗"此万恶东行及蛮横商团"，决不能"任此横行，长为吾辈工人之大毒"，并提出"保护工人，成立工团军，以保工人行动之自由"，及"依法严惩江门油业东行及商团，以为惨杀劳工者戒"等项最低要求。7月，廖仲恺赞同和支持广州工人团体筹组工团军，并命令于8月下旬开始训练第一期工团军。他还参与广州工团军的领导，把工人武装——如同农民武装一样作为广东革命政府的依靠力量。此外，他亲自过问新会葵业工人遭受商团摧残的事件；对北洋军阀杀害武汉工人领袖杨德甫、逮捕张国焘等事件，表示抗议，等等。但是，由于受小资产阶级社会主义学说的影响，廖仲恺的思想中还存在着一些不正确的观念。例如，他把工人的"识字问题"当做最迫切的问题，以为办了劳工学校，提高工人的文化水平，工人群众就会得到解放。他说："全国国民十之九无受教育机会，知识当然落后，国何能强！若要中国强，必须提高农工地位，引导他们有政治知识，方有希望。"1924年3月，他在石井兵工厂附设的青年工人学校的多次讲演中，鼓励工人读书识字，鼓吹办工人消费合作社，指出"中国不用求圣人，要求工友们大家……一致去想一个方法来救国"，把加快解决工人们的读书问题，作为救国的重要途径。在当时，为争取工人阶级的政治解放，离开推翻反动的政治制度，片面强调提高工人的文化水平，这种看法当然是错误的。再如，廖仲恺虽然在一定程度上认识到工农阶级在中国革命中的重要作用，但对于群众的巨大力量，特别是对于工人阶级的领导地位还缺乏足够的认识，等等。

总之，廖仲恺在中国共产党的帮助下，为推动我国工农运动的发展，作了极大的努力，立下了卓越的功勋。他"是首先执行工农政策的一个人，极力扶助工农运动的奋进，虽然经过很多的困难，受了很多的诬蔑，仍然行之不止"。廖仲恺在中国工农运动发展史上的地位，是不可磨灭的。因此，他被中国共产党人和广大工农群众誉颂为"无产阶级的好朋友"。当时，周恩来就曾高度赞扬他在这方面的业绩，指出国民党改组之后，最显著的革命势力，便是革命军的组织和工农群众之参加国民革命，这两种伟大事业的做成，多半的功绩要属之于廖先生。这一评论无疑是实事求是的。

提出努力建设民主国家的口号

还应该特别提出的是，在联俄、联共、扶助农工三大革命政策的实践中，廖仲恺走出了旧时代的狭隘圈子，扩大了视野，提高了认识，把自己的思想发展

矢志革命　百折不回

——近代民主革命家廖仲恺

到了一个新的境界。他不仅对反帝反封建的斗争全力以赴，更看到了中国政治上和经济上的症结所在，提出了努力建设一个"正式的'民主国家'"的口号。

在廖仲恺看来，"正式的'民主国家'"应该包含两个含义。第一，政治上，要"把国家主权放在四万万同胞手上"，"使四万万同胞都有管理国家的义务，国家才可以发达，人民才可以安宁"。他断定："一个国家任由一个人管理……一定弄到像历年君主国的崩坏情形一般。"这就是说尽管取消君主专制国家的形式，采用了别的什么形式，如果仍由"一人独行独断"，其结果与历代君主专制国家的崩坏并不会有什么两样。他进而认为："中国之任由少数人来把持，自私自利，不顾群众幸福，到今天这样情形，这就是中国的乱源。"他所说的少数人把持，指的是剥削阶级的统治，只有私利，没有公心，所以它是"乱源"。廖仲恺认为他自己正在进行的斗争，就是要清除这个"乱源"。第二，经济上，要有一个发达的经济基础，并应选择社会主义的发展前途，"依科学的组织用集合的方法，解决生产问题"。廖仲恺长期负责财政经济工作，他深深尝到了中国经济落后之苦，曾经感叹说，中国"这样大的地方"，资源丰富，却不能满足人民生活的最低要求，"种种天然与人生不相应的矛盾，都在国民的面孔上刻画出来"，这实在是捧着金饭碗讨饭，怎么也说不过去的！所以他向往着用蒸气、电气、水力来运转机器，以改变落后的生产方式。

当然，作为民主主义革命的政治活动家，廖仲恺的世界观与思想体系，同科学的社会主义是有差别的。他的一些观点，也不可避免的有这样那样的弱点和缺陷。例如，他对科学的社会主义，对工农在中国革命中的作用，还不可能有充分的、正确的认识。他错误地认为各派社会主义，"由理论上说来，各有颠扑不磨的精义"；认识不到在中国民主革命中，工人阶级是领导力量，农民是主力军；在谈到社会的阶级构成时，仍然保持着"先知先觉"、"后知后觉"、"不知不觉"的不正确说法，等等。从根本上讲，这都是中国民族资产阶级的阶级本质的反映，是历史条件的局限性所造成的。我们应该把廖仲恺的这些不足之处放在当时的历史条件下去考察，不可以苛求于前人。

为贯彻三大政策而斗争

当1924年中国革命开始高涨，广东呈现一派革命景象时，中国北方依然处在军阀混战的混乱中。9月初，作为第二次直奉战争序幕的江浙战争爆发了，北

洋军阀内部的矛盾日益尖锐。孙中山认为应抓住这个时机，彻底打倒北洋军阀，以谋国家统一。于是，决定组织北伐军，兴师北伐，讨伐曹锟、吴佩孚。9月12日，他移大本营于韶关，亲自率领北伐部队，自广州出发，开赴韶关前线。

同年10月，正当第二次直奉战争激烈进行的时候，直系将领冯玉祥竖起反直的旗帜，发动北京政变，导致直系军阀倒台。冯玉祥等受革命浪潮影响，把所辖部队改称国民军，表示拥护国民革命；同时电邀孙中山去北京，商讨和解决时局问题。孙中山认为当前"根本之图，尤在速谋统一，以从事建设。庶几分崩离析之局，得以收拾；长治久安之策，得以实施。"所以经过"权衡轻重"，决定接受冯玉祥等的邀请，冒着生命危险，到北京去"共筹统一建设之方略"。

孙中山北上前，审慎地部署了广东革命政府的工作，特别委廖仲恺以重任。孙中山确信"办党比无论何事都要重要"，他在10月底从韶关返回广州，召开了干部会议，命令廖仲恺复专任国民党中央执行委员会常务委员之职。11月初，他命令胡汉民留守广州代行大元帅职权，命令谭延闿为北伐联军总司令负责军事工作。在11日这一天中，他对廖仲恺接连发出三个手令：一是任为所有党军及各个军官学校和讲武堂的党代表；二是任为大元帅大本营参议；三是委派兼任国民党中央农民部长。12日，即北上前一天，又以大元帅名义任命廖仲恺为大元帅大本营参议。孙中山对廖仲恺完全信赖，因之倚界至重，期望至殷。

孙中山11月13日离开广东，途经上海，绕道日本，然后经天津去北京。他沿途宣传反帝反封建的革命主张，号召召开国民会议和废除不平等条约，受到人民群众的热烈欢迎；由于积劳成疾，12月4日到达天津时，就卧病在床。除夕之日扶病入京后，他得知北京政府临时执政、帝国主义豢养的段祺瑞提出了召开军阀分赃的"善后会议"，主张"外崇国信"，尊重和帝国主义所订的一切不平等条约等，和他的反帝爱国主张完全背道而驰。对此，他极为愤慨，便同段祺瑞集团展开了针锋相对的斗争。可是，他的病情却一天天沉重起来。

廖仲恺对孙中山有着深厚的革命情谊，一直忠心耿耿地为完成孙中山的革命理想而努力奋斗，还在孙中山北上前，他就对人说："总理（指孙中山）的身体精神，现在不如从前了。大家应格外努力！对于党务须积极整理，对于革命工作须加紧推进，以期总理及身能够看到革命的成功。"1925年2月初，他得知孙中山的病情日趋沉重，非常担忧，特向北京发电致意，并要求入京侍病。孙中山接电后，立即复电阻止，说："广东不可一日无仲恺。"廖仲恺既不能北上，便对何香凝说："孙先生的病恐怕难治了，孙夫人很忙，我现在因党务、政事、军需又都不得脱身，第一次东征军事行动，都要我亲自料理，不如你到北京去帮忙一下吧。"何香凝本来对孙中山的病情也非常着急，经廖仲恺这么一说，就匆匆整装兼程到北京去了。

孙中山北上后，盘踞在东江一带的陈炯明便蠢蠢欲动。自1922年冬陈炯明从广州败退东江后，在帝国主义和北方军阀的支持下，依据潮州、汕头的财富和惠州的天险，一直和广东革命政府相对抗。孙中山虽曾数次督师征伐，但因所依靠的仍为其他军阀部队，所以始终没有结果。这时，陈炯明认为孙中山不在广东，正是他反扑的机会，遂以"救粤军总司令"名义，于1925年1月26日率部向虎门进犯。他联络驻在广州的滇桂军阀做内应，并派人要求段祺瑞政府给予帮助，妄图一举攻占广州，颠覆革命政府。

这时，陈炯明不仅是广州的严重威胁，而且是革命前进的重大障碍。欲求巩固和统一广东革命根据地，就必须首先消灭陈炯明的军阀部队。广东革命政府组织了驻扎广州的各军，于2月1日举行第一次东征。一些苏联顾问参加了这次战争，帮助制定作战计划。黄埔军校的学生也组成了校军，编为第一、二两个教导团，约三千人，参加东征作战。黄埔军校校军以共产党员和青年团员为骨干，是东征的主力。当时，廖仲恺担任这支校军的党代表，积极领导和参加了讨伐陈炯明的战争。他于2月间亲赴虎门一带巡视部队，并常和指挥官一起筹划作战计划和策略；3月5日，又以大元帅大本营参议身份驰赴东江前线，视师并慰劳前敌各军，鼓舞战士奋勇杀敌。在当地农民群众的

何香凝作品

矢志革命　百折不回
——近代民主革命家廖仲恺

有力支持下，东征军连克石龙、西莞、淡水、普宁等县，3月7日又占领了潮安和汕头。

正在东征军节节胜利，不断向前推进的时候，孙中山因肝癌于1925年3月12日在北京与世长辞。

孙中山逝世的消息传到广东时，廖仲恺正在棉湖前线指挥东征军作战。他惊闻噩耗，极为悲痛，于3月22日和胡汉民、蒋介石、许崇智、谭延闿联名发表通电，声明"谨遵总理遗志，继续努力革命"，从此，坚决为完成孙中山未竟事业，忠实地执行其遗言，更积极地为贯彻三大政策而斗争。

首先，廖仲恺积极领导完成讨伐陈炯明的战争。在他领导和亲自参加下，东征军3月底彻底打垮了陈炯明部队的主力。4月6日，廖仲恺主持召开国民党中央执行委员会第七十三次会议，通过他所提出的建立党军案；随即以黄埔军校教导第一、二团为基础，成立了国民党党军，廖仲恺被任命为党代表。之后，廖仲恺赴东江汕头一带视察，了解部队情况，鼓舞士气。他还多次对革命军和黄埔军校师生讲演。在《对教导团全体官兵演说》和《对黄埔军校第三期入伍生训话》中，他号召革命军人化悲痛为力量，努力消灭封建军阀，完成国民革命，为实行孙中山的遗志而奋斗。

其次，他积极参加领导了平息滇、桂系军阀杨、刘的叛乱。当时，在广东除去粤系军阀陈炯明外，还存在着各霸一方的滇、桂军阀杨希闵和刘震寰。杨、刘开烟馆，设赌场，把持税收，飞扬跋扈，欺压人民，无恶不作。廖仲恺对此深恶痛绝，积极主张改组军队，统一财政，却又遭到他们的阻挠。这年的5月下旬，他们在香港和英帝国主义代表及段祺瑞政府的代表密谋后，于6月初发动叛乱，占领了广州电报局、车站等处，形势异常紧张。在中国共产党和廖仲恺为代表的国民党左派的坚决主张下，决定调回东征军镇压叛乱。廖仲恺废寝忘食地参加了这场关系革命政权存亡的战争，参与军事决策，同蒋介石、谭延闿等多次商议解决滇桂军阀的办法；同时还奔走于汕头、广州间，调动部队，部署战事。6月上旬，他还以工人部长的身份，"策动广九、广三、粤汉铁路及两河近海船舶员工，同时罢工，以断绝刘震寰、杨希闵部队之调动"。在他领导的农民部发动下，各地农民也纷纷以参战、运输、断绝敌人后路、收缴敌人枪械等方式支持革命军。由于革命军的英勇作战和广大工农群众的支持，6月中旬便平息了杨、刘的叛乱，巩固了广东革命根据地。

黄埔军校师生讲述廖仲恺当时的活动情况说："我们又亲目看见，为了东江战争，每天做十几点钟的工

矢志革命　百折不回

——近代民主革命家廖仲恺

作，还要穿着草鞋，领导我们去打仗；杨、刘作战的时候，晚上二时以后，单独一个人还要由黄埔回到广州去办事。"苏联代表、特别顾问鲍罗廷赞扬廖仲恺为革命做了很多实际工作，却不愿居于领导地位，他叹息说：像廖仲恺"这样得力而实干的人，可惜太少了！"

继承孙中山"未竟之志"

孙中山逝世后，中外反革命势力认为是分裂瓦解革命力量的最好时机。原来受孙中山震慑的国民党右派又放肆起来，右派组织纷纷出笼，如北京的"国民党同志俱乐部"、上海的"辛亥同志俱乐部"、广东的"孙文主义学会"等等。它们一致鼓噪反对三大政策，反对坚持革命的国民党左派。当时还在领导集团内的右派头目则与之呼应配合。他们打着国民党的旗号，利用在国民党中央和广东各地窃据的党政军部分权力，操纵一些军队和地方武装，破坏工农群众组织，随意捕杀工农群众和工农运动干部。国民党右派的猖獗，助长了帝国主义和北洋军阀妄图扼杀中国革命的野心。在南方，英帝国主义资助已被打败的陈炯明，使他死灰复燃，窃踞汕头。在北方，安福系军阀官僚打起了如意算盘："孙氏既死，彼国民党内者，鉴于由来之经过，即终不免于分裂，然国民党中之稳健派，此时有与吾人握手提携之可能矣。"岂止"可能"而已，事实上，掌握实权的国民党中央执行委员里一些人，已经同北洋军阀"携手"，并和帝国主义勾结起来，正在密谋发动武装叛乱，妄图乘机颠覆广东革命政府。

在这艰难危急的时刻，廖仲恺挺身而出，号召国民党人继承孙中山"未竟之志"，发扬他的革命精神，贯彻三大政策，把反帝反封建的国民革命进行到底。

廖仲恺亲自参与筹划平定军阀陈炯明、杨希闵、刘震寰叛乱的军事行动，取得了很大的胜利。5月间，他在《革命周刊》第一期发表了《革命派与反革命派》一文，旗帜鲜明地提出"革反革命派命"的号召，反击国民党右派破坏革命的罪恶行径。在这篇重要文章中，他分析了国民党内部产生革命派与反革命派的必然性，指出这两派的对立和斗争，不是什么"妙想的玄谈"，而是一条客观规律。殖民地半殖民地的国民革命，对内要打倒军阀官僚，对外要抵抗帝国主义者的重重压迫。但是国内的反动势力与帝国主义，因利害的一致，常常互相勾结。所以在殖民地半殖民地的国民革命运动中必然发生革命派与反革命派。反革命派为打倒革命派的势力而结成联合战线，"是国民革命进行中必不能免的病症"，是"社会科学的律令"。他还明确指出革命派与反革命派势力的消长是国民革命成败的关键。他彻底揭露反革命派以"稳健"自居，来反对孙中山的新三民主义、背叛孙中山遗言的阴谋，指出他们是"一面利用现成的恶势力以遂其分赃的阴谋；一面利用人民脆弱的心理以稳健自称，以维持现状来相号召"，从而达到取消革命，使中国继续沉沦在半封建半殖民地的深渊。他还针对当时北方的官僚军阀把国民党分为稳健派和激烈派，来分裂革命阵营，"以遂其勾结排挤的阴谋"，给予一针见血的揭露，指出"实在他们口中的稳健派就是反革命派"。他进一步指出革命派不是金字招牌、永远不变的；看一个人是否属于革命派要看他的实践。革命队伍内的反革命派往往以伪装出现，以假象骗人，他们"自诩为老革命党，摆出革命的老招牌"，实际上却"勾结官僚军阀与帝国主义者，及极力压抑占我国最大多数的农工界"。对于这些人，他主张断然揭露他们的假面目，要知道"革命派不是一个虚名，那（哪）个人无论从前于何时、何地、立过何种功绩，苟一时不续行革命，便不是革命派。反而言之，何时有反革命的行动，便立即变为反革命派"。他还直率地指出，"如陈炯明的反动与冯自由之捣乱"，就是反革命派。在这里，廖仲恺毫不含糊地把国民党右派同反革命派等同起来，揭穿了国民党右派的本质，使他们不能再用国民党这块招牌来欺骗群众，破坏革命。他表示必须同国民党右派斗争到底，"我们不独要革军阀与帝国主义者的命，我们并且要革'反革命派'的命，这才是彻底的革命工作"。

廖仲恺、何香凝的合葬墓

《革命派与反革命派》这篇文章，反映了廖仲恺彻底的民主革命精神，揭露了国民党右派的反革命面目，表达了国民党左派在孙中山逝世后继续革命的意志和决心。它对动员群众擦亮眼睛，提高警惕，团结战斗，起了积极的作用。

廖仲恺从理论上揭露和批判国民党右派的同时，在实际革命工作中也同他们展开尖锐的斗争。他亲自处理国民党右派破坏工农运动的事件，支持工农群众反击国民党右派的斗争。

当时，国民党右派畏惧和仇恨工农运动的蓬勃开展，伙同军阀官僚、土豪劣绅群起攻击农民协会和农民自卫军，并通过一些地方的行政官和驻军捕杀农会干部和农会会员，破坏工农运动。廖仲恺从广宁县农民协会的报告中，得知从前他曾教育过的该县县长蔡鹤朋阻挠减租运动，非常生气，"亲叫县长到农民部，责骂其违背党纲，压迫农民，并直斥其为升官发财之贪官污吏"。他十分严肃地对蔡鹤朋说："你究竟是拿谁的薪水，吃谁的饭？你拿政府给你的薪水，吃农民的饭，却无视政府的政策，不支持农民，反而去调停农民的斗争了。""人家说县长是农民的父母官，你不去保护农民，却去调停农民的减租运动。你已经失去当县长的资格，回家去吧！"就这样撤除了他的县长职务。廖仲恺到东莞、宝安一带巡视时，发现当地驻军第一师竟随意拘捕农民，摧残农会，便当面批评了该师师长林树巍，责令他释放所有被捕农民。他得到番禺县夏园农民协会的干部报告说，徐基、李松兴、何炳荣三名会员遭该县驻军中央直辖第三军王天任部无故逮捕，扬言将予杀害。他当即派干部前往调查，当查明情况属实而军队拒不放人时，便亲笔写信给王天任，限令三日内放人，指出："本部为保护农民计，必不任令徐、李、何三人久受不法军队之鱼肉"，告诫他"决不许其蛮横至此"。王天任不得不将被捕的农民释放。广州市郊区第一区农民协会执行委员长林宝宸，1924年12月因反对地主武装联团局加捐田亩谷剥削农民，遭到联团局杀害。廖仲恺闻讯，即通过省长胡汉民将联团局局长彭础立、副局长苏春荣扣押，并查封了联团局，"以为白昼任意杀人，阻碍农民运动者戒"。彭础立曾经担任过广州市商会会长，与廖仲恺有亲戚关系（妹夫的妹夫），廖的妹妹便常常向他痛哭求情。廖仲恺坚持原则，不徇私情，他对农民部秘书罗绮园说："这有什么法呢？他（指彭础立）答应第一区农民协会所提出的条件就算了，不然，我也没办法。"

廖仲恺坚定不移地支持工人反对帝国主义的斗争。早在1924年夏，广州沙面工人因反对英、法领事诬蔑中国人投掷炸弹，并以此借口颁布限制中国工人出入沙面的"新警律"而举行罢工斗争中，廖仲恺就一方面致函英、法驻中国领事，严词驳斥帝国主义者的阴谋诡计，抗议侵犯中国主权的罪行；一方面采取各种

矢志革命　百折不回
——近代民主革命家廖仲恺

廖仲恺先生牺牲处纪念碑

支援措施，保证工人罢工坚持下去，最后，迫使帝国主义者取消了"新警律"。随后，1925年6月1、9日，举世罕见的省港大罢工爆发后，廖仲恺热情支持这一伟大的反帝斗争，为罢工的坚持和发展做了许多有益的工作。罢工开始，他就担任广东群众性反帝斗争组织"广东各界对外协会"主席。这一组织，由一百二十多个群众团体联合组成，具有广泛的代表性。6月23日，他又亲自主持了广州工、农、商、学、兵群众和香港罢工工人共十万人参加的反帝集会和示威游行。沙基惨案发生后，他领导各界对外协会作出对香港实行经济封锁的决议，并明确提出这场斗争"以废除不平等条约为唯一目的"，号召人民将反帝斗争进行到底。当时他"真是可以说是废寝忘餐了，每天清晨就出去，很晚才回家来，常常在半夜还要起床，为省港罢工委员会交涉事情或筹募款项"。他担任了罢工委员会的顾问，和领导这次罢工的共产党人苏兆征、邓中夏等一起研究情况，制定策略，维护工人的权益，抵制敌人的破坏，竭力赞助和支援罢工工人的正义斗争。他常常出席罢工委员会会议和罢工工人代表大会，在对工人的讲演中，反复强调罢工斗争的目的和伟大意义，他说："这次罢工的目的，是为国家谋自由与独立，争国家的地位，和争民族的人格"，也就是要打倒帝国主义，"取消一切不平等条约，为国家政治上、经济上谋独立"。因此，它的重要性，"比倒清、倒袁、倒段、倒曹、倒吴什么都大。"所以，"如果罢工失败，即是一个民族、一个国家的失败；如果能够成功，不只是工人和商人某一部分的胜利，而是全民族的胜利。"又说："在政府方面，尽力为全民而争，在党方面，也出尽能力而争。所望全体工友一致奋斗！"他高度赞扬罢工工人坚强不屈、英勇斗争的革命精神，指出他们"为国家为民族，不顾一切而奋斗。比士兵去打仗，尤为难能可贵。"这"实足为工人胜利的证据"。他号召罢工工人要"联合工农兵为一气"，团结起来，共同去进行反对帝国主义的斗争。他说历次扑灭反革命势力的胜利，都是由于工农兵的结合，反抗帝国主义更加要靠工农兵的联合斗争。他认为，"只靠兵士去打仗，很难得到胜利，唯有工农兵的大联合，始可达到成功"。

在讲演时，廖仲恺极为诚挚热情，因此，赢得了广大听众的拥护和支持，收得了很大的效果。

廖仲恺还为解决罢工工人的生活问题，不辞劳苦，四处奔走。当时回到广州的香港罢工工人有十余万人之多，吃饭、住宿都存在很大的困难。这些问题不及时的妥善解决，将直接影响到这次大罢工的坚持和发展。廖仲恺及时采取措施，如封闭长堤一带烟赌馆和利用停业酒楼及祠堂、会馆的房屋作为罢工工人的临时宿舍；拨出广州市的一些专款作为工人的生活费用，还安排了免费食堂等，解决了罢工工人们的食宿问题，从而使他们无后顾之忧，集中力量同英帝国主义作斗争。他还考虑到罢工的长期性，积极设法解决罢工工人的就业问题。

当时，担任国民党中央妇女部长的何香凝在支持罢工斗争中，表现也很突出。她积极开办贫民医院和小型的生产合作社，以解决罢工工人和家属的治病及日用品供应问题；还创办了"罢工妇女工读传习所"，日做工，夜学习，既保证了生活，又从思想上引导大家坚持进行反帝斗争。

总之，廖仲恺自省港罢工发生后，是"尽其力之所及以援助罢工工人"的。尽管廖仲恺没有亲眼看到罢工的胜利，但已为罢工的胜利作出了不可磨灭的贡献。正如邓中夏在《中国职工运动简史》中所指出的：国民党"左派在罢工的头半年的确是热情拥护的""假若当时不取得国民党帮助，的确罢工不到一个星期便要倒台"。林伯渠在1955年廖仲恺逝世三十周年大会上说："著名

矢志革命　百折不回

——近代民主革命家廖仲恺

的省港大罢工得以维持下去，在广东各地普遍建立了农民协会和农民自卫军，这都是和廖仲恺先生坚决执行革命三大政策有密切关系的。"

第一次东征和平定滇、桂系军阀的胜利，特别是省港大罢工的爆发，使广东革命政府的地位比较稳固了。根据中国共产党的建议，1925年6月中旬召开的国民党中央委员会全体会议决议，改组大元帅府为国民政府。7月1日，国民政府在广州正式成立，廖仲恺和胡汉民、汪精卫等16人为委员。廖仲恺并担任军事委员会常务委员、财政部部长和广东省财政厅长。这时，以廖仲恺为代表的国民党左派，在中国共产党和广大工农支持下，势力增长了，威信提高了。廖仲恺为了打击军阀官僚的贪赃枉法，消灭专横军人割据的局面，以巩固革命政权，使三大政策得到彻底的贯彻，他规定广东全省的军政、民政和财政统一于革命政府的直接领导，并订出具体措施，严令各军各机关遵照执行。

为民主革命流尽最后一滴血

廖仲恺不屈不挠地贯彻三大政策，推行各种革命措施，无疑对国民党右派、封建军阀以及帝国主义极其不利，因此中外反动派把他看作眼中钉，必欲置之于死地。

1925 年 5 月间，反革命分子就在广东大造革命政府"赤化"、"共产"的谣言。帝国主义者立即在香港呼应，策划"驱逐广州及广东的布尔什维克"。7 月初，国民党右派分子邹鲁、孙科、伍朝枢、邓泽如、吴铁城、胡毅生、林直勉等在胡汉民家里连续聚会。他们集中攻击廖仲恺，污蔑他"被人利用，祸害国民党"，"赤化"，"过激"，"挑拨各方恶感"。他们散布种种谣言，秘密策划反革命军事政变，企图搞垮廖仲恺，全盘否定三大政策。

　　廖仲恺遇害前几天，已经流传着右派要杀害他的消息。一时廖仲恺周围阴云密布，压力一天大似一天。但是他巍然屹立，英勇无畏，继续孜孜不倦地做他担负的各项工作。当他听说敌人要用手机枪杀害他时，他一笑置之，并对人戏言说："暗杀用手枪炸弹是常听见的，若是用手机关枪，却新鲜得很！"当时何香凝颇以为虑，要与廖仲恺共拍一照，廖说："为国为党而牺牲，是革命家的夙愿，何事顾忌。"遇害前两天，在国民政府的一次会议席上，廖仲恺曾接到坐在自己旁边的汪精卫所写的一张条子，告诉说听到有人将对他不利，请他注意。廖仲恺当时耸耸肩笑了，回答道："我们都是预备随时死的，那有什么关系！"甚至到遇害前一天，又有人以右派要杀害廖仲恺的确切消息报告，他复慨然说："际兹党国多难之秋，个人生死早置度外，所终日不能忘怀者，为罢工运动及统一广东运动两问题尚未解决！"

1925年8月19日晚，廖仲恺为了给黄埔军校筹集经费工作到深夜，回到家已经很晚了。第二天（20日）上午8时，他偕同何香凝自东山寓所驱车赴中央党部（原惠州会馆旧址，今越秀南路93号）参加国民党中央执行委员会第一〇六次会议；途中遇着国民政府监察委员陈秋霖，便载之同车而行。当汽车开到平时警卫森严的中央党部大门前，他和陈秋霖先下车，在门前登至第三级石阶时，突然自骑楼下跳出两个暴徒，向他开枪射击；大门铁栅内也有暴徒同时发枪，共射二十余发。他身中四弹，俱中要害，当场仰面倒地，不能作声。同行的陈秋霖也被射中一枪，带伤避入宣传部办公室。此时随行的卫士闻枪声赶来，举枪向凶手追击，射中其中一人，余均夺门逃走。以后，何香凝等把他和陈秋霖架上汽车，送往东门外百子路公医院抢救。廖仲恺因伤重要害，途中即与世长辞，为民主革命流尽最后一滴血，终年48岁。陈秋霖也在两天后不治身亡。

为了追查暗杀的幕后策划者，国民政府组织了"廖案检察委员会"，周恩来、杨匏安等共产党人都参加了。经查明，出面组织和收买凶手的是胡汉民的堂弟胡毅生及其死党朱卓文、梁鸿楷、魏邦平等人。案情查明后，国民政府派军队搜查胡汉民兄弟的住宅，逮捕了胡汉民的哥哥胡清瑞，和极有关系的林直勉；同时撤掉第一军军长梁鸿楷而代以李济深，扣押梁士铎和杨锦龙两个粤军统领。胡毅生、朱卓文潜逃，胡汉民也仓皇地到处躲藏，不能在广州立足。国民党右派集团的反动气焰受到一次沉重打击。

9月1日，廖仲恺出殡时，参加者有黄埔军校的师生、工人、农民、学生、市民群众共二十多万人。行列之大，阶层之广泛，情绪之热烈、严肃、悲壮，在广州来说，都是空前的。他的遗体暂厝在广州驷马岗他的好友朱执信墓左侧；1935年9月1日，安葬于南京紫金山孙中山陵侧。廖仲恺牺牲后，广州市人民在广州越秀南路廖仲恺牺牲处建造了"廖仲恺先生纪念碑"；归善县人民在廖仲恺的家乡鸭仔涉乡建造了"廖仲恺先生纪念碑"。

廖仲恺是一位杰出的民主主义革命家。他的激进的民主思想和行动，成为公认的第一次国内革命战争时期国民党左派的一面旗帜。廖仲恺以他的壮年生命，为中国民主革命立下了不朽的功勋，用鲜血在中华英雄史的丰碑上镌刻下他那光耀人寰的英名。

中华魂·百部爱国故事丛书

提　要

《誓与禁烟相始终——民族英雄林则徐》

　　林则徐严禁鸦片，坚决抵抗西方列强的侵略，坚持维护国家主权和民族利益。他是中国近代历史上第一位睁眼看世界的人，是抗击帝国主义殖民侵略的第一人，是中华民族抵御外侮过程中伟大的民族英雄。

《血洒虎门御敌寇——抗英将军关天培》

　　民族英雄关天培，在第一次鸦片战争中为了抗击英国侵略者的入侵而血洒虎门，为国捐躯，谱写了一曲可歌可泣的英雄赞歌。关天培用他的生命，书写了中国人民反抗外侮的历史。

《威震镇海靖节魂——抗敌英雄裕谦》

　　在第一次鸦片战争期间的众多牺牲者中，有一位官阶最高，他就是两江总督裕谦。裕谦与外国侵略者斗争立场坚定，与国内妥协派、投降派斗争态度坚决。裕谦督战镇海，与英国侵略军浴血奋战，临危不惧，以身报国，浩气长存。

《斩邪留正解民悬——太平天国领袖洪秀全》

　　农民出身的洪秀全，从失意文人到起义领袖，经历了长期的思想演变过程，在外敌入侵、清朝政府腐朽的历史环境之下，顺应时代的潮流，成长为一位非凡的历史英雄人物，建立了与清朝政府相抗衡的农民政权——太平天国。

《仰承汉唐　荟萃中外——近代数学家李善兰》

李善兰是我国19世纪重要的科学家之一，在数学、天文学、力学等方面都有重大建树。他继承了我国古代数学的成就，又以极大的热情传播西方科学文化，"仰承汉唐，荟萃中外"，把自己的一生献给了科学事业。

《严谨治学　勇于探索——近代著名数学家华蘅芳》

华蘅芳，中国近代数学家之一。其精通中国古算学，并熟练掌握西方近代数学，是中国验证抛物线并著书立说的参与者。为了证明"外国有的，中国也能造"而鞠躬尽瘁，在引进西方科学技术、传播科学知识上贡献卓著。

《折冲樽俎护山河——近代著名外交家曾纪泽》

曾纪泽是中国近代史上著名的爱国外交家，在中俄伊犁交涉事件中，他秉承抵抗列强、保卫国家的坚定意志，利用外交手段全力同沙俄抗争，捍卫了国家主权、民族尊严，收回了祖国的领土，在近代中国外交史上留下了光辉的一页。

《甲午海战留英名——民族英雄邓世昌》

邓世昌，北洋水师名将。本书以邓世昌的成长过程为线索，以代表性的历史故事为主要内容，还原真实的历史事件，突出鲜明的人物性格。邓世昌因在中日甲午海战中突出的英雄气概而名垂史册，书写了伟大的爱国主义篇章。

《誓与舰队共存亡——北洋水师提督丁汝昌》

丁汝昌处在清朝政府的腐朽和李鸿章的专断下，难以施展爱国的抱负，壮志未酬，愤恨而终。但丁汝昌为建立近代海军作出的巨大贡献，带领北洋舰队爱国官兵勇抗强敌的英雄事迹，将永远为后代所传颂。

《镇南关上凯歌扬——抗法老英雄冯子材》

1885年中法战争中，年逾古稀的冯子材为抵御外国侵略，勇赴国难，大败法军于镇南关，并乘胜追击，接连收复文渊、谅山等地，从根本上扭转了中法战争的局面，成为近代民族英雄的杰出代表。

《屡败法军逞英豪——黑旗军将领刘永福》

刘永福是黑旗军的创建者，是农民出身的杰出军事家、政治活动家。在19世纪发生的援越抗法、中法战争中，他率部与帝国主义侵略者进行了殊死的战斗，建立了卓越的功勋，成为我国近代史上著名的民族英雄，为后世所景仰。

《矢志变法强国家——戊戌变法领袖康有为》

康有为是清末民初最有影响力的思想家之一。他领导了中国知识界的启蒙运动，掀起了一场自上而下的政体改革。他最早在中国提出了立宪政体和具体的宪政方案，主张在坚持儒家传统和帝制的前提下，学习西方经验，他的进步思想对近代中国具有深远的影响。

《开民智以报国 普新知而图强——戊戌变法思想家梁启超》

梁启超，中国近代史上著名的政治活动家、启蒙思想家、史学家、文学家，戊戌变法领袖之一。本书以百日维新思想家梁启超的成长过程为线索，以代表性的历史故事为主要内容，还原真实的历史事件，突出鲜明的人物性格。

《我自横刀向天笑——维新志士谭嗣同》

谭嗣同在民族危机的严重时刻，投身改革救中国的洪流。为了带给祖国一个光明的未来，紧要关头，他挺身而出，用自己的鲜血激励后人，把宝贵的生命献给了变法事业。

《睡乡敢遣警世钟——用生命警策国人的陈天华》

陈天华是民主革命的活动家和宣传家。他写的《猛回头》《警世钟》等书，起到了革命启蒙的重大作用。为了激发留日学生的爱国情怀，他不惜投海自杀，演出了近代史上感人至深的一幕，给后人留下了难忘的印象。

《革命军中马前卒——民主斗士邹容》

革命乃"至尊极高，独一无二，伟大绝伦之一目的"；它是"天演之公例，世界之公理，顺乎天而应乎人"的伟大行动。因此，必须"仗义群兴革命军"。他激情高呼："革命独子万岁！中华共和国万岁！"这就是《革命军》的作者，中国近代著名资产阶级革命宣传家邹容。

《休言女子非英物——鉴湖女侠秋瑾》

为民族解放和妇女解放而英勇斗争的秋瑾，冲破封建礼教的思想牢笼，打碎封建精神枷锁，崇仰真理，追求光明，主张共和，坚持男女平等，最终献出了自己年轻的生命。

《血溅校场　杀身成仁——民主斗士徐锡麟》

本书讲述了反清志士徐锡麟弃文从武、投身反清革命事业，最终被清政府杀害的故事。出于对国家的热爱，徐锡麟献出自己的生命，他的事迹将永远激励后人深切缅怀这位民主革命的先驱。

《生可死耳　我志长存——献身民主的禹之谟》

禹之谟，民主革命党人，同盟会会员，近代资产阶级革命家、实业家。1886年，20岁的禹之谟"提三尺剑，挟一卷书"游历四方，研究西方社会政治学说，忧国忧民之心日趋强烈。戊戌变法失败，他丢掉改良幻想，倡革命救亡之说，走上民主革命道路。

《物竞天择　适者生存——资产阶级启蒙思想家严复》

严复是中国近代著名的启蒙思想家、翻译家和教育家。他长期从事教育和翻译事业，为近代中国人才培养和思想启蒙做出了重要贡献，同时他也为中国的翻译事业和中西思想文化交流做出了重要贡献。

《辛亥革命急先锋——资产阶级革命家黄兴》

黄兴，清末民初资产阶级革命家，中华民国开国元勋。黄兴在武昌首义及辛亥革命时期的爱国表现，与孙中山闻名于当时，常被时人以"孙黄"并称。本书以资产阶级革命活动实干家黄兴的成长过程为线索，歌颂了先辈伟大的爱国主义精神。

《矢志革命　百折不回——近代民主革命家廖仲恺》

廖仲恺追随孙中山踏上了创立民国与捍卫共和制的旧民主主义革命

之路；在新民主主义革命时期，他为建立、巩固首次国共合作和实施三大政策，英勇奋斗，为国殉职，洒尽了一腔热血。

《将军拔剑南天起——护国英雄蔡锷》

蔡锷是中国近代史上的杰出军事家、爱国者。他的一生短暂而伟大。辛亥革命爆发，他毅然投身于革命洪流之中，领导云南重九起义，对武昌起义积极响应。袁世凯窃国复辟、恢复帝制的阴谋暴露出来以后，他又毅然举起了武装讨袁的旗帜。

《反帝反封建运动——五四青年的爱国故事》

五四运动是一次伟大的反帝反封建的爱国运动；是一个伟大的历史转折点；是中国人民的斗争从挫折走向胜利的一个关节点，它为中国的前进开辟了一条全新的道路，拉开了中国新民主主义革命的序幕。

《思想自由　兼容并包——著名教育家蔡元培》

蔡元培是中国近现代著名的民主革命家和教育家，一生经历风雨，却始终信守爱国和民主的政治理念，致力于废除封建主义的教育制度，奠定了我国新式教育制度的基础，为我国教育、文化、科学事业的发展做出了富有开创性的贡献。

《为国家争光　为民族争气——中国铁路之父詹天佑》

詹天佑是我国最早的杰出铁道工程师，因主持建造京张铁路而闻名中外，被誉为"中国铁路之父"。他为祖国的铁路事业贡献了毕生的精力。本书向读者展示了詹天佑热爱祖国、科技兴国的辉煌人生。

《实业救国　衣被天下——轻工之父张謇》

张謇是爱国实业家、教育家。他年轻时中过状元。过了40岁，开始投身工商实业活动中，他的名言是"富民强国之本在于工"。在南通，创办大生丝厂、银行等各种实业。并将创办实业的大部分所得投入教育。他的观点是，教育和实业一样，也是"富强之大本"。

《心向革命　追求光明——平民将军冯玉祥》

冯玉祥将军"是一位从旧军人转变而成的坚定的民主主义战士"。

抗日战争期间，他辗转各地，用实际行动积极抗战。日本战败投降后，他为了断绝美国的援蒋内战，又在美国四处演说，揭露蒋介石统治之黑暗，痛斥美国阴谋分裂中国的不良行为。

《刑场上的婚礼——革命烈士周文雍　陈铁军》

周文雍是广州起义的主要领导人之一。陈铁军出身于华侨商人家庭，却毅然投身革命洪流。1928年1月，两人接受派遣，回到广州假扮夫妻从事革命斗争，却不幸被捕。临刑前，两位烈士将敌人的枪声当作自己婚礼的礼炮，用生命和爱情谱写出一曲千古绝唱。

《星星之火　可以燎原——井冈山斗争的故事》

1927—1929年，毛泽东、朱德等老一辈革命家，在井冈山创建了农村革命根据地，进行了艰苦卓绝的斗争，建立了新型革命武装，点燃了工农武装革命之火，找到了农村包围城市最后夺取政权的中国革命的正确道路。

《新民学会的主要发起人——中国共产党早期革命家蔡和森》

蔡和森青年时期曾与毛泽东等人一起组织进步团体新民学会，参加五四运动，并在赴法国勤工俭学时研读大量马克思主义著作，回国后以满腔热忱投身革命事业，成为中国共产党早期重要的理论家和宣传家。

《威震黄浦江畔　高奏抗日壮歌——一·二八淞沪抗战》

面对日本侵略者的挑衅，十九路军在蒋光鼐、蔡廷锴的带领下，高举义旗，奋力一搏。一·二八淞沪抗战，是中国军人捍卫军人荣誉和祖国尊严所发出的吼声，谱写了一曲抗击日军侵略的英雄壮歌。

《将军恨不抗日死——慷慨就义的吉鸿昌》

在国难深重的20世纪30年代，吉鸿昌将军因拒绝执行国民党指示，坚决不打内战，被迫携眷出国"考察"。回国后，他加入中国共产党，组织了民众抗日同盟军，英勇打击日本侵略者，后于1934年11月被国民党反动派杀害。

——近代民主革命家廖仲恺

矢志革命　百折不回

《献身革命　甘于清贫——梅岭忠魂方志敏》

　　大革命失败后，方志敏凭着"两条半步枪"起家，身经百战，创建了赣东北革命根据地和红十军。本书真实记录了方志敏投身于革命、领导红军和敌人进行艰苦卓绝斗争的经历，歌颂了烈士贫贱不移、威武不屈、献身革命的高尚品质。

《奏响中华最强音——人民音乐家聂耳》

　　聂耳在他有限的生命中创作了数十首革命歌曲，在抗日救亡运动中，聂耳的这些歌曲产生了广泛深远的影响。他的音乐创作为中国无产阶级革命音乐的发展指明了方向，树立了榜样。

《横眉冷对千夫指——中国文化革命主将鲁迅》

　　鲁迅不但是伟大的文学家，而且是伟大的思想家和伟大的革命家。在那风雨如晦的黑暗年代里，他以笔为投枪，同一切帝国主义和反动派进行了顽强的战斗，为中国人民树立了一个不朽的丰碑。他是新文化战线上的一面光辉旗帜，是我们伟大民族的灵魂。

《铁流两万五千里——红军长征的故事》

　　红军长征是人类历史上的一次伟大的壮举。第五次反"围剿"失败后，中国工农红军的三大主力在极端艰难的条件下，突破国民党军队的围追堵截，进行了史无前例的战略大转移，总行程达两万五千里以上。途中发生了许多动人故事，至今令人难以忘怀。

《荣辱不移革命志——创建陕北红军的刘志丹》

　　刘志丹是杰出的无产阶级革命家、军事家，西北红军和西北革命根据地的主要创始人之一。他一生热爱人民，追求真理，英勇善战，百折不挠，艰苦奋斗，忠心赤胆，为创建红军和革命根据地、为中国人民的解放事业建立了不可磨灭的功勋。

《英名永存北平城——爱国将领佟麟阁　赵登禹》

　　1937年7月28日，日军向北平郊区发动进攻。第二十九军副军长佟麟阁奉命在南苑率部与日军苦战，腿部受伤，头部被敌机炸伤，壮烈殉国。第一三二师师长赵登禹指挥部队顽强抵抗日军，右臂中弹负伤，仍继续作战。后在转移途中遭日军截击而牺牲。

《八百壮士　四行仓库铸军魂——谢晋元和他的战友们》

八一三抗战，中国军人以血肉之躯揭开全面抗战的帷幕。这是一场血战，是中国军人不屈不挠的英雄诗篇，其中的八百壮士守四行，成为这首英雄颂歌中最动人、最凄美的音符。一曲四行保卫战，铸就了不屈的军魂。

《八女投江　气贯长虹——八位抗联女战士》

抗日战争时期，以冷云为首的东北抗日联军8名女战士，为捍卫民族尊严，面对凶残的日寇，镇定自若，宁死不屈，投江殉国，表现了中华民族同敌人血战到底的英雄气概。她们的光辉形象，激励着千千万万的后来人。

《艰苦抗战　威震敌胆——著名抗日英雄杨靖宇》

杨靖宇将军是我国著名的抗日民族英雄。曾先后担任磐石游击队政治委员、东北抗日联军第一军军长兼政委、抗日联军总司令等职。领导军民对日寇坚持了长达9个年头的艰苦卓绝的斗争，最终以身殉国。

《死也不当亡国奴——镜泊抗日英雄陈翰章》

陈翰章，从1932年8月投笔从戎，直到1940年12月8日为抗击日本侵略者，战死在镜泊湖畔。他在抗日疆场上奋战了九年，他那可歌可泣的英雄事迹将为人们永世传颂。

《名将殉国　气壮山河——抗日将军张自忠》

著名抗日将领、民族英雄张自忠，生于忧患的时代，抱有"宁为百夫长，胜作一书生"的志向，经历过失败与低谷，最终成就了慷慨人生。本书主要以人物活动为主，勾画出一个真正的"民族魂"鲜活的人生，会带给读者振奋的力量。

《宁死不辱战士名——狼牙山五壮士》

1941年日寇在河北易县"扫荡"。为掩护群众和主力部队撤退，五位八路军战士毅然把敌人引上了狼牙山棋盘坨峰顶绝路。弹尽粮绝、无路可退，五位英雄纵身跳下了万丈悬崖，用生命和鲜血谱写出一曲惊天地泣鬼神的壮举。

《太行浩气传千古——抗日名将左权》

左权，中国工农红军和八路军高级指挥员，著名军事家。是八路军在抗日战场上牺牲的最高指挥员。名将阵亡，太行山为之垂首，全党为之悲痛。周恩来称他"足以为党之模范"，朱德赞誉他是"中国军事界不可多得的人才"。

《虎将兴关外 抗倭统雄师——抗联英雄赵尚志》

本书描写了久经考验的共产党员、东北抗联的创建者和主要领导人赵尚志，在艰苦卓绝的条件下，坚持抗战，威震敌胆，战功卓著，忍辱负重，忠贞不屈，为国捐躯的英雄故事，为青少年读者呈上一部爱国主义的佳作。

《黄埔之英 民族之雄——抗日名将戴安澜》

抗日名将戴安澜，先后参加保定、漕河、台儿庄、武汉、昆仑关等战役，作战英勇，屡建奇功；入缅作战，"扬威国外，藉伸正义"；守东瓜，复棠吉；殒身缅北，遗恨丛林，马革裹尸，成就了光辉的一生。

《爱国志士 民主先锋——新闻出版家邹韬奋》

本书讲述了邹韬奋献身新闻出版事业的奋斗历程，展现了一位新闻工作者坚定的革命信念和炽热的爱国主义精神，全心全意为人民服务、为读者服务的奉献精神，歌颂了他的高尚情操和优良品质。

《为抗战发出怒吼——人民音乐家冼星海》

人民音乐家冼星海，青年时期在巴黎求学，饱尝屈辱与磨难；学成后毅然回到多灾多难的祖国，用满腔热忱谱写激昂的音乐，鼓舞中华儿女的斗志；奔赴延安，谱写出不朽的名作《黄河大合唱》，发出中华民族抗日救亡的怒吼。

《全民皆兵　抗击日寇——抗日战争的故事》

中国人民进行的十四年抗战，是一百多年来中国人民反对外敌入侵第一次取得完全胜利的民族解放战争。这场战争是以国共两党合作为基础，有社会各界、各族人民、各民主党派、抗日团体、社会各阶层爱国人士和海外侨胞广泛参加的全民族抗战。

《捧着一颗心来　不带半根草去——人民教育家陶行知》

陶行知是我国现代教育史上伟大的人民教育家、教育思想家。他从青年起就立志献身教育事业，以"捧着一颗心来，不带半根草去"的赤子之心，为人民的教育事业鞠躬尽瘁。

《为民主与和平拍案而起——民主斗士闻一多》

闻一多早年与梁实秋等人发起成立清华文学社。赴美留学期间由对祖国的深深眷恋而创作著名的《七子之歌》。后在西南联大任教8年，积极投身于抗日运动和争取民主的斗争，发表了著名的《最后一次讲演》。

《铁窗难锁钢铁心——革命先烈王若飞》

王若飞是我党早期杰出的无产阶级革命家。在艰苦卓绝的斗争中，他出生入死，屡建奇功，以超人的睿智和胆略，在敌人的监狱中，同敌人展开了殊死的较量，为抗战的胜利和新中国的诞生做出了卓越的贡献。

《横扫千军　还我河山——抗联名将李兆麟》

李兆麟是东北抗日联军创建人之一，他率领抗日联军历尽千难万险与日本侵略者浴血奋战，在极其艰苦的条件下，保存了抗日联军的有生力量，为东北光复做出了重大贡献。

《锄头开出新天地——解放区大生产运动》

为了解决困难，渡过难关，党中央号召党政军民齐动手，开展大生产运动。中国共产党在其控制区域内发动的一场军队屯田和鼓励生产的群众运动，达到了自己动手丰衣足食，共度难关，既进行革命又进行生产自足的目的。

矢志革命　百折不回
——近代民主革命家廖仲恺

《生的伟大　死的光荣——女英雄刘胡兰》

刘胡兰，坚贞不屈的少年女英雄。生前对我国劳动人民的解放事业无限忠诚，在敌人威胁面前，大义凛然，毫无惧色，英勇牺牲，表现了共产党员的高贵品质。

《饿死不领美国救济粮——爱国知识分子的楷模朱自清》

朱自清作为爱国知识分子的典型，以锐利的笔锋直言痛斥反动政府的暴行，体现了他崇高的爱国情怀和不畏恶势力的精神品格。毛泽东曾给朱自清先生以高度评价："一身重病，宁可饿死，不领美国的'救济粮'"，"表现了我们民族的英雄气概"。

《为了新中国前进——舍身炸碉堡的董存瑞》

伟大的英雄，中国人民的儿子董存瑞，从儿童团长成长为一名光荣的解放军战士，在1948年解放隆化县城时，舍身炸碉堡，为新中国献出了自己年轻的生命。他的英雄形象永远留在人民心里。

《宁死不屈的共产党员——革命烈士江竹筠》

江竹筠，就是著名的江姐。1947年春，她负责《挺进报》工作，只几个月的时间，报纸就发行到1600多份，引起了敌人的极大恐慌。由于叛徒出卖，江姐不幸被捕，惨遭毒刑的残酷折磨，仍坚贞不屈。最后被特务秘密枪杀，年仅29岁。

《抗美援朝　保家卫国——志愿军的战斗故事》

抗美援朝战争是中国人民志愿军为援助朝鲜人民、保卫祖国安全，与美国为首的"联合国军"发生的战争。在朝鲜牺牲的志愿军烈士们，他们英勇的战斗事迹、保家卫国的精神值得我们发扬光大。

《上甘岭上壮烈歌——黄继光和他的战友们》

在1952年10月的上甘岭战役中，黄继光和他的战友们在零号阵地半山腰被敌机枪火力点压制，此时，黄继光身上已经多处负伤，手雷也已全部用光。为了完成任务，减少战友的伤亡，他用自己的胸膛堵住正在扫射的敌机枪射孔，为反击部队扫清了前进的道路。

《诗书印画　全入神品——国画大师齐白石》

齐白石出身贫寒，做过农活，当过木匠，后改学雕花木工，从民间画工入手，摹古人真迹，学诗文书法，融汇古今，而诗、书、印、画俱佳；他将中国画的精神与时代的精神统一得完美无瑕，使中国画得到国际的重视，无愧于"国画大师"的称号。

《毕生为文化而奋斗——中国第一出版家张元济》

张元济参与、主持和督导商务印书馆近六十年，使其从简单的印刷企业转变为当时中国教育出版的旗帜。张元济一生爱书，在中华大地动荡不安的年代里，他用自己对文化的热爱，续存着中华民族灿烂悠久的文明之光。

《独树一帜　梨园大师——著名京剧表演艺术家梅兰芳》

梅兰芳，京剧大师，演唱风格独树一帜，世称"梅派"。曾先后赴日本、美国、苏联演出，并荣获美国波摩那学院和南加州大学的荣誉文学博士学位。作为一位爱国者，抗战期间蓄须明志，拒绝为日本人演出，为后世称颂。

《华侨旗帜　民族光辉——爱国侨领陈嘉庚》

陈嘉庚是著名的爱国华侨领袖、企业家、教育家、慈善家、社会活动家。他为辛亥革命、民族教育、抗日战争、解放战争、新中国的建设做出了卓越的贡献。生前被毛泽东誉为"华侨旗帜、民族光辉"。

《向雷锋同志学习——伟大的共产主义战士雷锋》

雷锋，一个平凡而伟大的共产主义战士，一心向着党，一生秉承着全心全意为人民服务、无私奉献的崇高思想；发扬刻苦学习和钻研理论的"钉子"精神；坚持勤俭节约、艰苦奋斗的优良作风。毛泽东为其题词："向雷锋同志学习。"

《人民的好公仆——县委书记的好榜样焦裕禄》

焦裕禄，被誉为县委书记的好榜样。他用自己的革命精神，展开了与大自然、与社会落后现象、与病魔的多重抗争，让我们领略到一

矢志革命　百折不回

——近代民主革命家廖仲恺

个共产党人的生之伟大、死之壮美的人格品质和具有现实教育意义的精神魅力。

《文学巨匠　京味大师——人民作家老舍》

老舍是我国现代小说家、文学家、戏剧家。他用融入骨髓的真诚文字反映生活的喜怒哀乐。老舍的一生，总是在忘我地工作，他是文艺界当之无愧的"劳动模范"，生前被北京市人民政府授予"人民艺术家"的称号。

《革命老人——无产阶级教育家徐特立》

徐特立是一代伟人毛泽东的老师。他出生在贫苦家庭，大部分时间生活在动荡艰苦的年代；他刻苦勤奋，不畏艰辛，追求光明，一生勤俭，为革命培养了大量的人才；他对党和人民任劳任怨，鞠躬尽瘁。他坎坷奋斗的一生，留下了许多可歌可泣的故事。

《人生能有几回搏——新中国第一个世界冠军容国团》

容国团先后担任中国乒乓球队运动员、女队主教练。获得1959年男子单打世界冠军；1961年夺得男子团体世界冠军；作为中国女队主教练，1965年率女队第一次夺得女子团体世界冠军。他的"人生能有几回搏"的豪言，举国传诵。

《石油工人一声吼　地球也要抖三抖——铁人王进喜》

王进喜，新中国第一批石油钻探工人。他为祖国石油工业的发展和社会主义建设立下了不朽的功勋，在创造了巨大物质财富的同时，还给我们留下了宝贵的精神财富——铁人精神。他被评为"百年中国十大人物"，写入中华民族的光辉史册。

《做人民需要我做的事——著名地质学家李四光》

李四光是一位伟大的科学家，他一生从事地质学研究工作，足迹遍布祖国的山川，为祖国探明了许多地下宝藏；他创建了崭新的学说——地质力学；他历尽重重困难，为正确认识地质构造开辟了一条新路。

《中国化学工业的先驱——著名化学家侯德榜》

为摆脱纯碱需要进口的窘况，20世纪初，怀着"实业救国"梦想的中国化工先驱侯德榜等人创办了永利碱厂，并立志生产出中国人自己的碱。1926年，永利碱厂终于成功地生产出"红三角"牌纯碱，从此中国制碱业得以跨人世界先进行列。

《毕生求是　一丝不苟——著名科学家竺可桢》

著名科学家竺可桢献身科学研究；治学严谨，一丝不苟；一生廉洁，两袖清风；作风民主，爱护学生。他以爱国之心、报国之志，从一个民主主义者逐渐成长为一个共产主义战士。

《热爱自然的大地之子——著名植物学家蔡希陶》

蔡希陶，五十载风雨，五十载坎坷，五十载奋斗，五十载开拓，为了发现对人类生产、生活有用的植物及新物种的引进而做出巨大贡献，在中国的植物资源学史上将永远镌刻着他的名字。

《高洁无私的襟怀——知识分子的楷模蒋筑英》

蒋筑英是中国当代知识分子的先锋典范，他不为名，不为利，尊重科学；他以坚忍的毅力和顽强的作风，在科学的道路上呕心沥血，鞠躬尽瘁，无私地奉献了青春和生命。

《迎接新生命的天使——卓越的妇产科专家林巧稚》

林巧稚是国内外享有盛誉的妇产科专家。在五十多年的医学教育和临床实践中，林巧稚亲自接生了五万多婴儿，治愈了数千病人，培养了数以百计的专门人才，为我国的妇女儿童事业做出了不可磨灭的贡献。

《独自成千古　悠然寄一丘——国画大师张大千》

张大千是20世纪中国画坛最具传奇色彩的国画大师，无论是绘画、书法、篆刻、诗词无所不通。在艺术界深得敬仰和追捧，艺术家们用真挚的感情，用绘画和雕塑展现了"张大千"多彩的艺术形象。

矢志革命　百折不回
——近代民主革命家廖仲恺

《建造中国的通天塔——著名数学家华罗庚》

中国当代著名数学家华罗庚，为中国数学的发展做出了无与伦比的贡献，他是中国解析数论、典型群、矩阵几何等多方面研究的创始人与开拓者，也是我国最早将数学理论研究与生产实践紧密结合的科学家。

《问鼎长天 强我国威——两弹元勋邓稼先》

邓稼先是我国著名科学家，参加组织和领导我国核武器的研究、设计工作，从对原子弹、氢弹原理的突破和试验成功及其武器化，到新的核武器的重大原理突破和研制试验，作出了重大贡献。是我国核武器理论研究工作的奠基者之一，被誉为"两弹元勋"。

《敢叫天堑变通途——桥梁专家茅以升》

中国著名的桥梁专家茅以升从小立志为祖国建造桥梁，经过不懈努力，他不仅设计建造了一座座宏伟壮观、坚固实用的道路桥梁，而且搭建了一座座友谊之桥，为祖国建设作出了卓越贡献。

《蘑菇云之梦——核物理学家钱三强》

被誉为"中国原子弹之父"的核物理学家钱三强，更名后立志于科技报国；24岁投师于世界著名核物理学家居里夫妇；与夫人何泽慧合作，发现铀的"三分裂""四分裂"现象；统领我国的原子大军，做了大量创造性工作。

《两离桑梓地 满怀雪域情——领导干部的楷模孔繁森》

孔繁森，是一位一尘不染、两袖清风的好干部。两次进藏工作，历时十载，为西藏的建设、发展和稳定作出了突出的贡献。1994年11月，孔繁森不幸以身殉职。人民群众称他为新时期领导干部的楷模。

《摘取数学皇冠上的明珠——著名数学家陈景润》

陈景润是享誉世界的数学家，为了证明"哥德巴赫猜想"，他以惊人的毅力在数学领域里艰苦跋涉，终于攻克了世界著名数学难题"哥德巴赫猜想"中的"1＋2"，创造了中国乃至世界数学史上的辉煌。

《学术独步　饮誉四海——享有国际威望的科学家卢嘉锡》

卢嘉锡是一位在国际科学界享有崇高威望的物理化学家、化学教育家和科技组织领导者。1945年，卢嘉锡满怀"科学救国"的热忱回到祖国，对中国原子簇化学的发展起了重要推动作用，他所指导的新技术晶体材料科学研究，也取得了重大成绩。

《德艺双馨　梨园楷模——著名豫剧表演艺术家常香玉》

常香玉1941年赴陕甘演出。1948年在西安创办香玉剧社。1951年为支援抗美援朝，率剧社巡回西北、中南、华南各地演出，以演出收入捐献"香玉剧社号"战斗机一架，素有"爱国艺人"之誉。

《文学大师　激流勇进——著名作家巴金》

本书以巴金生平和主要事迹为线索，回顾和展示现代著名作家巴金的一生，以期让人们看到巴金在这风云变幻的100多年中，有过成功的欢欣，有过屈辱的磨难，有过痛苦的忏悔，有过平静的安宁。巴金的人生，映照着一代中国五四知识分子坎坷而不平凡的命运。

《壮心系科学　孜孜为国昌——理论化学家唐敖庆》

本书讲述了唐敖庆从出国求学、学业有成、回国任教，到服从安排、艰苦工作、刻苦钻研，最终成为中国量子化学奠基者的过程。让人们看到了这位著名化学家的赤心爱国、严谨治学、大公无私的崇高品格和科研上的卓越成就。

《中国导弹之父——著名科学家钱学森》

当第一颗原子弹升空的时候，当中国的人造卫星奏响《东方红》的时候，当中国运载火箭腾空而起的时候，当中国研制的导弹准确命中目标的时候，人们都会想起他的名字：中国导弹之父钱学森。

《中国近代力学的奠基人——著名科学家钱伟长》

钱伟长曾以中文和历史两个100分的成绩考入清华大学。九一八事变后，钱伟长毅然放弃了文科的学习而转为理科。他是中国近代力学、应用数学的奠基人之一，在固体力学、流体力学以及航空航天领域，取得了卓越的成就，为新中国的现代化建设付出了毕生的精力。

《中国光学科学的奠基人——著名科学家王大珩》

王大珩是我国著名的科学家，中国光学科学的奠基人。他先在清华就读，后赴英国求学，学业有成，立志科学救国，其成就享誉神州。他以科学的求是精神和赤诚的爱国情怀，探索着中国光学发展的闪光之路。